KU-132-780

AVANT D'ABORDER
L'ŒUVRE

Fiche d'identité de l'auteur

Guy de Maupassant

Nom : Guy de MAUPASSANT.

Naissance : 5 août 1850, à Fécamp (Normandie).

Enfance : scolarité en Normandie, puis études de droit à Paris interrompues par la guerre de 1870.

Famille : son père est agent de change, sa mère s'intéresse à la littérature et c'est grâce à ses relations que Maupassant rencontrera Flaubert.

Les années au ministère : après la guerre, Maupassant entre au ministère de la Marine (1872) mais s'y ennuie.

Journalisme et littérature : Maupassant, devenu l'ami de Flaubert (1867), rencontre Zola (1876) et fréquente les dimanches naturalistes de Médan. Il publie *Boule de suif* dans le cadre des *Soirées de Médan*, recueil collectif publié par les écrivains naturalistes réunis autour de Zola, dont Huysmans, Paul Alexis, Léon Hennique et Henry Céard. La nouvelle de Maupassant est un succès, et il peut quitter son travail administratif. Outre de nombreux contes, il écrit des chroniques pour des journaux (*Le Gaulois*, *Gil Blas*, *Le Figaro* et *L'Écho de Paris*).

Maladie et voyages : une syphilis lui cause des troubles oculaires et des migraines qui le gênent dès les années 1878-1879 ; il voyage en Afrique du Nord (Algérie, Tunisie) ; ses contes et ses articles lui procurent aisance matérielle et reconnaissance sociale.

Maupassant romancier : son admiration pour Flaubert (mort en 1880) le pousse à écrire des romans dont les principaux sont *Une vie* en 1882, *Bel-Ami* en 1885, et *Pierre et Jean* en 1888.

Maladie et folie : pour combattre ses maux de tête, Maupassant utilise de l'éther, drogue puissante, et parallèlement sa maladie entraîne une paralysie latente qui le handicape dès 1885. Il publie sa célèbre nouvelle, *Le Horla*, en 1887. En 1892, il est interné à Passy, dans la clinique du docteur Blanche, après une tentative de suicide. Son frère, Hervé, était mort fou en 1889.

Mort : Maupassant meurt très jeune, à 43 ans, le 6 juillet 1893.

Pour ou contre
Guy de Maupassant ?

Pour

Théodore de BANVILLE :
« Vous êtes devenu célèbre tout de suite, parce que d'instinct vous avez deviné que la condition unique de l'art c'est de donner aux délicats et à la foule ce dont ils ont également soif : la Sincérité. »
Gil Blas, 1er juillet 1883

Jules LEMAÎTRE :
« Il joint à une vue du monde, à des sentiments, à des préférences que les classiques n'eussent point approuvés, toutes les qualités extérieures de l'art classique. [...] la clarté, la sobriété, l'art de la composition. »
Les Contemporains, 1885-1889

José Maria de HEREDIA :
« Il a le goût sobre et classique, la belle ordonnance architecturale et, sous cette apparence régulière et pratique, une âme audacieuse et tourmentée, aventureuse et inquiète. »
Discours d'inauguration d'un buste de Maupassant à Rouen,
27 mai 1900

Contre

André GIDE :
« N'ayant rien de particulier à dire, ne se sentant chargé d'aucun message, voyant le monde et nous le présentant un peu en noir, mais sans indice de réfraction original, il reste pour nous (ce qu'il prétendait être) un remarquable et impeccable ouvrier des lettres. »
Les Nouvelles littéraires, 3 août 1950

Repères chronologiques

Vie et œuvre de Guy de Maupassant	Événements politiques et culturels
1850 Naissance à Fécamp.	
	1852 Second Empire (Napoléon III).
1856 Naissance de son frère Hervé.	
	1857 Flaubert, *Madame Bovary*. Baudelaire, *Les Fleurs du mal*.
1860 Séparation des parents de Maupassant.	
1867-1870 Études au lycée Corneille à Rouen.	
1870 Maupassant incorporé à l'Intendance à Rouen.	**1870** Guerre franco-prussienne. 19 juillet Déclaration de guerre par la France ; 2 septembre : entrée des Prussiens à Paris ; 4 septembre : IIIe République.
1871 Maupassant assiste à la Commune, trouve un remplaçant (comme cela se faisait, moyennant rétribution) et regagne Étretat.	**1871** Commune de Paris. 28 janvier : capitulation française. Naissance de l'Empire allemand. Zola commence la rédaction des *Rougon-Macquart*.
1872 Maupassant entre au ministère de la Marine.	
	1873-1879 Gouvernement de Mac-Mahon, dit de « l'ordre moral ».
	1874 Première exposition impressionniste chez Nadar.
1875 Premiers contes (*La Main d'écorché*).	

Vie et œuvre de Guy de Maupassant	Événements politiques et culturels
1877 Syphilis.	**1877** Dîner chez Trapp : c'est lors de ce dîner que la jeune génération d'écrivains aurait marqué ses distances avec le réalisme pour lui préférer les nouvelles idées esthétiques de Zola. On y trouve les futurs auteurs des *Soirées de Médan*.
	1879-1887 Jules Grévy président.
1880 *Boule de suif* paraît dans *Les Soirées de Médan*.	**1880** **Mort de Flaubert.** Lois scolaires de Jules Ferry. Période d'expansion coloniale française en Afrique et Asie du Sud-Est.
1881-1890 Nombreux recueils de contes, dont *La Maison Tellier* en 1881. Cinq romans, dont *Une Vie* en 1883, *Bel-Ami* en 1885, *Pierre et Jean* en 1888 ainsi que des dizaines de chroniques et des relations de voyages. Voyage en Algérie à plusieurs reprises.	**1881** Loi sur la liberté de la presse. **1882** En politique, Déroulède fonde la ligue des Patriotes.
1885 Maupassant acquiert un bateau qu'il baptise « Bel-Ami ». Rencontre Marcel Proust.	**1885** **Mort de Victor Hugo.**
	1887-1894 Sadi Carnot président.
1889 Internement puis mort de son frère Hervé.	**1889** Inauguration de la tour Eiffel.
1892 Tentative de suicide et internement dans la clinique du docteur Blanche à Passy.	**1892** Zola, *La Débâcle*.
1893 **Mort le 6 juillet.**	

Fiche d'identité de l'œuvre

Boule de suif et autres nouvelles

Auteur : Guy de MAUPASSANT ; contes écrits entre 1880 et 1883 ; Maupassant vit de sa plume comme chroniqueur dans des journaux.

Genre : récits de guerre, sous-titrés indifféremment par l'auteur, nouvelles, contes ou encore « historiettes ».

Forme : récits brefs de registre réaliste.

Structure : les cinq textes parurent séparément ; *Boule de suif* appartient au recueil collectif *Les Soirées de Médan* de 1880 ; *Mademoiselle Fifi* et *Deux Amis* furent publiés dans le journal *Gil Blas* en 1882 et 1883 sous le pseudonyme de Maufrigneuse, puis rassemblés dans le même recueil en 1883 ; *L'Aventure de Walter Schnaffs* et *Le Père Milon* parurent dans le journal *Le Gaulois* en 1883 puis furent repris respectivement dans les recueils *Les Contes de la Bécasse* (1883) et *Le Père Milon* (posthume, 1899).

Sujet : la guerre de 1870, vue au travers d'histoires individuelles et singulières, souvent anecdotiques, toujours en marge de la « grande Histoire ».

Personnages : Français et Prussiens.

Cette opposition se double de fractures idéologiques - entre opposants et collaborateurs, violents et pacifistes - et de discriminations sociales : nobles et bourgeois de Rouen d'un côté, marginaux, prostituées et « démocrates » de l'autre. Les religieux soit sont du côté des « gens de bien », c'est-à-dire des bourgeois, soit du peuple, lequel fait preuve de davantage de patriotisme et d'humanité.

Les Prussiens se caractérisent par leur langue « gutturale » et leur brutalité, voire leur perversité ; mais parmi eux, les petites gens, de Walter Schnaffs au capitaine du *Père Milon*, sont les plus humains.

Pour ou contre

Boule de suif et autres nouvelles ?

Pour

Gustave FLAUBERT :

« Ce petit conte *restera*, soyez-en sûr ! Quelles belles binettes que celles de vos bourgeois ! Pas un de raté. Cornudet est immense et vrai ! La religieuse couturée de petite vérole, parfaite, et le comte "ma chère enfant", et la fin ! La pauvre fille qui pleure pendant que l'autre chante *La Marseillaise*, sublime. »

Correspondance Gustave Flaubert-Guy de Maupassant, Flammarion, 1993

Théodore de BANVILLE :

« On ne se lassera pas de relire cette *Boule de suif* où vous avez montré la laideur de l'égoïsme humain, sans vous laisser séduire par les sirènes de l'antithèse et sans être tenté de faire de votre héroïne une figure sublime. »

Gil Blas, 1er juillet 1883

Contre

Albert WOLFF (en réaction à *Mademoiselle Fifi*) :

« Croyez bien ceci, monsieur de Maupassant, il n'est pas nécessaire de toujours traîner sa plume dans les mauvais lieux pour être un homme de talent. »

Le Figaro, 1882

11

Pour mieux lire l'œuvre

❖ Au temps de Maupassant

Le récit bref et la presse

Tous les textes courts de Maupassant ont connu une pré-publication dans des revues avant d'être regroupés dans des recueils selon un ordre purement chronologique.

Pour l'écrivain du XIXᵉ siècle, la presse offre la possibilité d'être publié, de vivre de sa plume, voire de s'enrichir, car les journaux deviennent de puissants organes d'influence, comme le décrit *Bel-Ami*. C'est Zola qui pousse Maupassant dans cette voie, contre l'avis de Flaubert qui y voit le risque de perdre son indépendance et la tentation d'une écriture « commerciale ». Le succès d'un livre dépend en effet de plus en plus de la publicité, élaborée et parfois tapageuse, qui lui est faite.

La presse constitue aussi une école d'écriture, un espace de liberté de ton, de sujet et de forme : la chronique « parisienne », l'article politique, la critique artistique, la relation de voyage, le fait divers – tous ces genres vont venir enrichir l'écriture des romanciers de cette époque. L'écrivain et le journaliste se confondent parfois, dans des textes à la limite entre fiction, engagement et documentaire, comme *L'Aventure de Walter Schnaffs*. En particulier, le journalisme concourt à la formation de l'écrivain réaliste, en développant son savoir documentaire et son esprit critique.

Le texte court trouve facilement place dans la presse, qui publie régulièrement des nouvelles, mais aussi des romans découpés en épisodes qui seront appelés ensuite des « feuilletons ». Épisode ou nouvelle, le texte se doit d'être percutant : « Nous sommes de plus en plus pressés ; notre esprit veut les plaisirs rapides ou de l'émotion en brèves secousses : il nous faut du roman condensé s'il se peut, ou abrégé si l'on n'a rien de mieux à nous offrir. » (Jules Lemaître, *Les Contemporains*). Le ton très péjoratif de la formule « si l'on n'a rien de mieux » permet de mieux comprendre pourquoi, malgré sa réus-

site dans ce domaine, Maupassant voulait tant être consacré comme romancier avant tout. Cependant, le genre bref connaît un regain de faveur dans le courant du siècle. *Les Contes à Ninon* de Zola, son premier livre, datent de 1864, *Les Contes du lundi* de Daudet, de 1873, *Trois contes* de Flaubert, de 1877, etc.

Écrire dans la presse invite à interpeller davantage le public : Maupassant par exemple crée une grande connivence avec son lecteur grâce à des effets dramatiques, pathétiques ou comiques. De plus, ses sujets, qu'il choisit très actuels, en relation avec des événements précis ou avec des préoccupations contemporaines (la place des femmes, le mariage, l'argent, la politique, etc.), intéressent ses contemporains. Remarquons à ce propos que ses textes sur la guerre de 1870 sont les seuls qui soient tournés vers le passé ; tous les autres évoquent des événements postérieurs et surtout la vie parisienne et provinciale de son époque.

Réalisme ou naturalisme ?

Le début du XIXe siècle est dominé par la sensibilité romantique, incarnée par Victor Hugo qui en signe le manifeste avec sa préface d'*Hernani*, en 1830. En partie en réaction à ce mouvement, le réalisme, représenté par Balzac et Stendhal, vise à davantage de vérité et de fidélité au réel. Balzac organise ses romans dans un ensemble intitulé *La Comédie humaine*, qui entend fournir un document utile pour comprendre la société de son temps (sur un plan psychologique, social, politique, etc.). De son côté, Stendhal sous-titre *Le Rouge et le Noir* « chronique de 1830 », de façon à lui donner une vocation descriptive et factuelle.

Flaubert, même s'il reste profondément marqué par le romantisme, mène à sa perfection l'art réaliste. Le roman devient sous sa plume le moyen de décrire et d'analyser les mécanismes sociaux sans les juger. S'intéressant au monde et aux événements contemporains, le roman se frotte à des sujets considérés comme obscènes ou choquants. La censure, très active pendant cette période, condamne

Pour mieux lire l'œuvre

ainsi *Madame Bovary* en 1857 pour l'immoralité de son portrait de femme adultère – comme elle condamne, pour des raisons comparables, *Les Fleurs du mal* de Baudelaire : on retrouve chez Maupassant le même refus de la pudibonderie de la bonne société de son époque. Les mouvements dits littéraires concernent en général tous les arts et répondent à l'évolution des sensibilités. Ainsi Baudelaire loue Constantin Guys de peindre « la vie moderne » sans chercher à l'idéaliser.

Le naturalisme, initié par Zola, veut donner au roman la légitimité d'une science ; pour cela, il exploite les avancées de la biologie notamment, avec les théories concernant l'hérédité et l'évolution des espèces. Ce mouvement se nourrit de la philosophie dominante de l'époque, le positivisme d'Auguste Comte, qui refuse les conceptions religieuses et abstraites, et prône une analyse objective et rigoureuse de la réalité. L'expérimentation systématique des hypothèses s'impose ainsi en science.

Maupassant, accueilli à Médan en 1880 par Zola, qui l'encourage dans la voie du journalisme et le présente à des écrivains majeurs comme Tourgueniev, ne peut que s'intégrer dans ce courant. Des centres d'intérêt communs le rapprochent des naturalistes, en particulier la volonté de faire une place à des personnages de marginaux comme la prostituée, figure majeure de nombreux récits de Maupassant, également au centre du roman de Zola, *Nana*.

Mais Maupassant est finalement plus fidèle au réalisme de son maître Flaubert qu'à la nouvelle école naturaliste, dont il critique les jugements exclusifs et les ambitions scientifiques. Ainsi, dès 1880, Maupassant prend ses distances ; dans une lettre à Flaubert, il se moque des « bêtises d'école naturaliste » et en 1888, dans un essai intitulé *Le Roman*, il refuse clairement de se prononcer pour telle ou telle école, privilégiant l'originalité et la sensibilité de l'artiste.

🐚 *L'essentiel*

Au XIXᵉ siècle, la diffusion littéraire passe par la presse ; beaucoup d'écrivains sont également journalistes, ce qui leur procure des moyens d'existence et influence leur écriture vers plus de réalisme et de simplicité.

Le réalisme puis le naturalisme prennent le contre-pied de l'esthétique romantique, en affirmant la nécessité pour l'écrivain de présenter aux lecteurs un « miroir » de la société contemporaine.

✣ L'œuvre aujourd'hui

Un regard sur la guerre

Parce qu'il a à peine vingt ans quand éclate le conflit de 1870, le témoignage de Maupassant est d'une irremplaçable spontanéité. Refusant de rentrer dans les calculs stratégiques et nationalistes, il épingle une à une les lâchetés et bassesses de ses contemporains ; et s'il n'est pas tendre avec les Prussiens, il est acide avec ses compatriotes.

Ce conflit est très particulier : il ne relève d'aucune cause nationale ni d'aucune lutte idéologique, mais « seulement » d'un fort appétit de puissance de Bismarck, alors à la tête de la Confédération germanique. Pour réaliser une grande Allemagne, celui-ci attaque l'Autriche, puis profite de la querelle de la succession d'Espagne pour imposer la guerre à la France.

Mais le déséquilibre des forces précipite la défaite française : après seulement un mois de résistance, les troupes de Napoléon III, menées par Bazaine, sont encerclées à Sedan. La Troisième République est proclamée le 4 septembre, mais décide de continuer la guerre. Paris est assiégé et vit alors une situation très difficile dont témoigne par exemple le début de *Deux Amis*. En 1871, la Commune de Paris, insurrection contre le gouvernement, et surtout sa répression sanglante, augmentent encore les difficultés des Parisiens.

Pour mieux lire l'œuvre

La défaite provoque des réactions violentes et souvent extrêmes. Dans un regain de patriotisme, certains écrivains glorifient le sacrifice des soldats et les actes de bravoure. Cet élan national alimente le désir de revanche dans les années 1880, et profite au général Boulanger. À l'inverse, d'autres expriment le refus de toute guerre et la haine de l'armée, et contribuent à l'émergence des idées pacifistes et antimilitaristes. Maupassant continuera longtemps après la guerre à dénoncer le conflit et les comportements belliqueux.

Une analyse sociale toujours d'actualité

Maupassant, qui se disait « anarchiste bourgeois », considérait la société dans laquelle il vivait comme cruelle et dépravée, non pas qu'il fût sévère dans ses mœurs – on lui attribue beaucoup de conquêtes féminines, y compris des prostituées –, mais au sens où il était choqué par la lâcheté et l'hypocrisie de la bonne société. Il dénonce le fossé entre ceux qui, parce qu'ils sont plus riches, plus respectés, plus puissants que les autres, méprisent et exploitent le peuple, et ceux qui sont systématiquement rejetés au ban de la société – marginaux, artistes, ouvriers, paysans, et enfin, prostituées.

Mais Maupassant ne cherche pas à moraliser ni à argumenter son point de vue ; il montre, le plus simplement possible, des situations où ces clivages produisent des drames dont les victimes sont toujours les plus faibles et les plus sincères.

Pour ce faire, il utilise des images fortes, qui marquent l'imaginaire, comme celle de la nourriture : dans *Boule de suif* comme dans *L'Aventure de Walter Schnaffs*, la faim des personnages se confond avec leurs instincts. Ainsi, la prostituée de *Boule de suif*, si « appétissante » et si gourmande, voit ses victuailles dévorées par les passagers de la diligence, qui, symboliquement, mangeront aussi sa dignité de patriote, et qui refuseront de partager leur propre repas à la fin de la nouvelle. On voit ici que les individus avancent en dévorant les autres ; Zola ne dit pas autre chose lorsqu'il intitule ses romans *La Curée* ou *Le Ventre de Paris*.

Modernité de Maupassant

Le regard critique que Maupassant porte sur la société de son époque, sur les dirigeants et les gens de pouvoir, mais aussi sur la petitesse et l'hypocrisie des différentes catégories sociales, a tout pour nous toucher aujourd'hui.

L'audience de Maupassant a toujours été plus grande dans le lectorat populaire que parmi les intellectuels, qui le trouvaient trop facile, sans doute parce que la personnalité même de Maupassant ne donne pas prise à la critique savante. Cependant, on lui a reconnu un style « classique » assez rapidement, et une grande vigueur dans la peinture sociale et psychologique. Mais c'est seulement depuis le milieu du xxe siècle que les études universitaires lui donnent une place à la hauteur de sa renommée.

Il est considéré aujourd'hui comme un maître de style, grâce à l'alliance d'une écriture très classique par sa sobriété de vocabulaire et de syntaxe, et d'une approche très moderne de la réalité, qui ne se soucie d'aucune convenance.

Sur le plan des idées, sa personnalité et son indépendance envers les mouvements font de lui un modèle d'écrivain profondément original. Il nous rappelle notamment qu'il faut se détacher des modes, être indépendant et sincère. Zola, lui-même tellement pris dans les querelles intellectuelles, l'admire pour cela : « jamais homme n'a senti l'encre moins que lui » dira-t-il dans son oraison funèbre.

Mais c'est peut-être aussi par son profond pessimisme que l'œuvre de Maupassant semble aujourd'hui si actuelle. Ses récits fantastiques, comme ses récits réalistes, peignent des individus « éperdus » (l'adjectif est récurrent dans les nouvelles, comme à la fin du *Père Milon*), confrontés à l'absurdité, à l'injustice, à l'incohérence du monde. Maupassant peint les humbles de son temps – paysans, marins, petits fonctionnaires, prostituées –, mais sans les idéaliser. Cette lucidité peut encore aujourd'hui nous aider à porter un regard juste sur notre société.

Pour mieux lire l'œuvre

ᘓ *L'essentiel*

Maupassant, profondément choqué, comme toute sa génération, par le conflit de 1870 et la défaite, dit dans ses nouvelles tout son désespoir et son désarroi ; il n'idéalise pas la guerre, qu'il qualifie de « charcuterie hideuse », ni ne glorifie aucun de ses héros.

Le portrait qu'il brosse de la société de son temps est extrêmement pessimiste et sévère : les relations sociales semblent dominées par l'arrivisme et l'hypocrisie de la classe dominante, tandis que le peuple est exploité et méprisé.

Femmes, dessin de Constantin Guys, XIX^e siècle, Musée Carnavalet, Paris.

Portrait de Guy de Maupassant, gravure,
Bibliothèque nationale de France, Paris.

Boule de suif

et autres nouvelles

Guy de **Maupassant**

*Nouvelles éditées
pour la première fois
de 1880 à 1883*

L'ŒUVRE L'ŒUVRE L'ŒUVRE

Illustration pour *Boule de suif*, aquarelle de François Thévenot, 1897,
Bibliothèque nationale de France, Paris.

BOULE DE SUIF

PENDANT plusieurs jours de suite des lambeaux d'armée en déroute[1]
avaient traversé la ville. Ce n'était point de la troupe, mais des hordes
débandées[2]. Les hommes avaient la barbe longue et sale, des uni-
formes en guenilles[3], et ils avançaient d'une allure molle, sans dra-
5 peau, sans régiment. Tous semblaient accablés, éreintés, incapables
d'une pensée ou d'une résolution, marchant seulement par habitude,
et tombant de fatigue sitôt qu'ils s'arrêtaient. On voyait surtout des
mobilisés[4], gens pacifiques, rentiers[5] tranquilles, pliant sous le poids
du fusil ; des petits moblots[6] alertes, faciles à l'épouvante et prompts
10 à l'enthousiasme, prêts à l'attaque comme à la fuite ; puis, au milieu
d'eux, quelques culottes rouges[7], débris d'une division moulue dans
une grande bataille ; des artilleurs sombres alignés avec ces fantassins
divers ; et, parfois, le casque brillant d'un dragon[8] au pied pesant qui
suivait avec peine la marche plus légère des lignards[9].
15 Des légions de francs-tireurs[10] aux appellations héroïques : « les
Vengeurs de la Défaite – les Citoyens de la Tombe – les Partageurs
de la Mort » – passaient à leur tour, avec des airs de bandits.

1. **Armée en déroute** : l'armée française, vaincue, fuit Rouen (début décembre 1870).
2. **Débandées** : dispersées.
3. **En guenilles** : en loques, en lambeaux.
4. **Mobilisés** : citoyens ordinaires appelés au combat (par opposition à des soldats
 de métier).
5. **Rentiers** : qui vivent de rentes, c'est-à-dire de l'argent produit par des placements
 (par opposition aux revenus du travail).
6. **Moblots** : surnom des jeunes soldats de la garde mobile (créée en 1868 pour
 seconder l'armée dans la défense des villes et chargée du maintien de l'ordre
 intérieur).
7. **Culottes rouges** : soldats de l'infanterie (c'est-à-dire des soldats à pied) dont
 l'uniforme était rouge.
8. **Dragon** : cavalier (par opposition au fantassin, soldat à pied).
9. **Lignards** : simples soldats, qui combattaient « en ligne ».
10. **Francs-tireurs** : compagnies recrutées en supplément de l'armée régulière, datant
 de la période révolutionnaire.

Boule de suif

Leurs chefs, anciens commerçants en draps ou en graines, ex-marchands de suif[1] ou de savon, guerriers de circonstance,
20 nommés officiers pour leurs écus ou la longueur de leurs moustaches, couverts d'armes, de flanelle et de galons[2], parlaient d'une voix retentissante, discutaient plans de campagne , et prétendaient soutenir seuls la France agonisante sur leurs épaules de fanfarons, mais ils redoutaient parfois leurs propres soldats, gens de sac et de
25 corde, souvent braves à outrance, pillards et débauchés.

Les Prussiens allaient entrer dans Rouen, disait-on.

La Garde nationale[3] qui, depuis deux mois, faisait des reconnaissances très prudentes dans les bois voisins, fusillant parfois ses propres sentinelles, et se préparant au combat quand un petit lapin
30 remuait sous des broussailles, était rentrée dans ses foyers. Ses armes, ses uniformes, tout son attirail meurtrier, dont elle épouvantait naguère les bornes des routes nationales à trois lieues à la ronde, avaient subitement disparu.

Les derniers soldats français venaient enfin de traverser la Seine
35 pour gagner Pont-Audemer par Saint-Sever et Bourg-Achard[4] ; et, marchant après tous, le général désespéré, ne pouvant rien tenter avec ces loques disparates, éperdu lui-même dans la grande débâcle d'un peuple habitué à vaincre et désastreusement battu malgré sa bravoure légendaire, s'en allait à pied, entre deux officiers
40 d'ordonnance[5].

Puis un calme profond, une attente épouvantée et silencieuse avaient plané sur la cité. Beaucoup de bourgeois bedonnants, émasculés[6] par le commerce, attendaient anxieusement les vainqueurs, tremblant qu'on ne considérât comme une arme leurs broches
45 à rôtir ou leurs grands couteaux de cuisine.

1. **Suif :** graisse des ruminants.
2. **De flanelle et de galons :** de riche tissu et des marques de leur haut grade dans l'armée.
3. **Garde nationale :** formation locale recrutée parmi les civils et affectée à la garde des villes, créée en 1789.
4. **Saint-Sever et Bourg-Achard :** noms réels. L'évocation des mouvements de troupes est conforme à la réalité.
5. **Officiers d'ordonnance :** militaires affectés au service personnel d'un officier.
6. **Émasculés :** au sens propre, castrés ; ici, au figuré, privés de leur force.

La vie semblait arrêtée, les boutiques étaient closes, la rue muette. Quelquefois un habitant, intimidé par ce silence, filait rapidement le long des murs.

L'angoisse de l'attente faisait désirer la venue de l'ennemi.

50 Dans l'après-midi du jour qui suivit le départ des troupes françaises, quelques uhlans[1], sortis on ne sait d'où, traversèrent la ville avec célérité. Puis, un peu plus tard, une masse noire descendit de la côte Sainte-Catherine, tandis que deux autres flots envahisseurs apparaissaient par les routes de Darnetal et de Boisguillaume[2]. Les

55 avant-gardes des trois corps, juste au même moment, se joignirent sur la place de l'Hôtel-de-Ville ; et, par toutes les rues voisines, l'armée allemande arrivait, déroulant ses bataillons qui faisaient sonner les pavés sous leur pas dur et rythmé.

Des commandements criés d'une voix inconnue et gutturale

60 montaient le long des maisons qui semblaient mortes et désertes, tandis que, derrière les volets fermés, des yeux guettaient ces hommes victorieux, maîtres de la cité, des fortunes et des vies, de par le « droit de guerre ». Les habitants, dans leurs chambres assombries, avaient l'affolement que donnent les cataclysmes, les

65 grands bouleversements meurtriers de la terre, contre lesquels toute sagesse et toute force sont inutiles. Car la même sensation reparaît chaque fois que l'ordre établi des choses est renversé, que la sécurité n'existe plus, que tout ce que protégeaient les lois des hommes ou celles de la nature, se trouve à la merci d'une brutalité

70 inconsciente et féroce. Le tremblement de terre écrasant sous des maisons croulantes un peuple entier ; le fleuve débordé qui roule les paysans noyés avec les cadavres des bœufs et les poutres arrachées aux toits, ou l'armée glorieuse massacrant ceux qui se défendent, emmenant les autres prisonniers, pillant au nom du Sabre[3] et

75 remerciant un Dieu au son du canon, sont autant de fléaux effrayants qui déconcertent toute croyance à la justice éternelle, toute la confiance qu'on nous enseigne en la protection du ciel et en la raison de l'homme.

1. **Uhlans :** lanciers prussiens (le lancier désignait à l'origine un soldat portant une lance).
2. **Sainte-Catherine, Darnetal, Boisguillaume :** faubourgs situés à l'est de Rouen et par lesquels entrèrent les Prussiens le 6 décembre 1870.
3. **Sabre :** l'armée est désignée par son symbole.

Mais à chaque porte des petits détachements frappaient, puis dis-
80 paraissaient dans les maisons. C'était l'occupation après l'invasion.
Le devoir commençait pour les vaincus de se montrer gracieux
envers les vainqueurs.

Au bout de quelque temps, une fois la première terreur disparue,
un calme nouveau s'établit. Dans beaucoup de familles, l'officier
85 prussien mangeait à table. Il était parfois bien élevé, et, par politesse,
plaignait la France, disait sa répugnance en prenant part à cette
guerre. On lui était reconnaissant de ce sentiment ; puis on pouvait,
un jour ou l'autre, avoir besoin de sa protection. En le ménageant[1] on
obtiendrait peut-être quelques hommes de moins à nourrir. Et pour-
90 quoi blesser quelqu'un dont on dépendait tout à fait ? Agir ainsi serait
moins de la bravoure que de la témérité[2]. – Et la témérité n'est plus
un défaut des bourgeois de Rouen, comme au temps des défenses
héroïques où s'illustra leur cité. – On se disait enfin, raison suprême
tirée de l'urbanité[3] française, qu'il demeurait bien permis d'être poli
95 dans son intérieur pourvu qu'on ne se montrât pas familier, en public,
avec le soldat étranger. Au-dehors on ne se connaissait plus, mais
dans la maison on causait volontiers, et l'Allemand demeurait plus
longtemps, chaque soir, à se chauffer au foyer commun.

La ville même reprenait peu à peu de son aspect ordinaire. Les
100 Français ne sortaient guère encore, mais les soldats prussiens
grouillaient dans les rues. Du reste, les officiers de hussards[4] bleus,
qui traînaient avec arrogance leurs grands outils de mort sur le
pavé, ne semblaient pas avoir pour les simples citoyens énormé-
ment plus de mépris que les officiers de chasseurs[5], qui, l'année
105 d'avant, buvaient aux mêmes cafés.

Il y avait cependant quelque chose dans l'air, quelque chose de subtil
et d'inconnu, une atmosphère étrangère intolérable, comme une odeur
répandue, l'odeur de l'invasion. Elle emplissait les demeures et les
places publiques, changeait le goût des aliments, donnait l'impression
110 d'être en voyage, très loin, chez des tribus barbares et dangereuses.

1. **En le ménageant :** en étant très poli envers lui.
2. **Témérité :** courage poussé à l'excès (sans conscience du danger).
3. **Urbanité :** politesse extrême.
4. **Hussards :** cavaliers prussiens.
5. **Chasseurs :** soldats.

Les vainqueurs exigeaient de l'argent, beaucoup d'argent. Les habitants payaient toujours ; ils étaient riches d'ailleurs. Mais plus un négociant normand devient opulent[1] et plus il souffre de tout sacrifice, de toute parcelle de sa fortune qu'il voit passer aux mains d'un autre.

115 Cependant, à deux ou trois lieues sous la ville, en suivant le cours de la rivière, vers Croisset, Dieppedalle ou Biessart[2], les mariniers et les pêcheurs ramenaient souvent du fond de l'eau quelque cadavre d'Allemand gonflé dans son uniforme, tué d'un coup de couteau ou de savate, la tête écrasée par une pierre, ou jeté à l'eau

120 d'une poussée du haut d'un pont. Les vases du fleuve ensevelissaient ces vengeances obscures, sauvages et légitimes, héroïsmes inconnus, attaques muettes, plus périlleuses que les batailles au grand jour et sans le retentissement de la gloire.

 Car la haine de l'Étranger arme toujours quelques Intrépides

125 prêts à mourir pour une Idée.

 Enfin, comme les envahisseurs, bien qu'assujettissant[3] la ville à leur inflexible discipline, n'avaient accompli aucune des horreurs que la renommée leur faisait commettre tout le long de leur marche triomphale, on s'enhardit, et le besoin du négoce travailla

130 de nouveau le cœur des commerçants du pays. Quelques-uns avaient de gros intérêts engagés au Havre que l'armée française occupait, et ils voulurent tenter de gagner ce port en allant par terre à Dieppe où ils s'embarqueraient.

 On employa l'influence des officiers allemands dont on avait

135 fait la connaissance, et une autorisation de départ fut obtenue du général en chef.

 Donc, une grande diligence à quatre chevaux ayant été retenue pour ce voyage, et dix personnes s'étant fait inscrire chez le voiturier, on résolut de partir un mardi matin, avant le jour, pour éviter

140 tout rassemblement.

 Depuis quelque temps déjà la gelée avait durci la terre, et le lundi, vers trois heures, de gros nuages noirs venant du nord apportèrent la neige qui tomba sans interruption pendant toute la soirée et toute la nuit.

1. **Opulent :** très riche.
2. **Croisset, Dieppedalle ou Biessard :** localités situées sur la Seine, à l'aval de Rouen.
3. **Assujettissant :** soumettant.

Boule de suif. La diligence, estampe de Georges Bertin Scott, édition de 1947, Bibliothèque nationale de France, Paris.

145 À quatre heures et demie du matin, les voyageurs se réunirent dans
la cour de l'Hôtel de Normandie, où l'on devait monter en voiture.

Ils étaient encore pleins de sommeil, et grelottaient de froid sous
leurs couvertures. On se voyait mal dans l'obscurité, et l'entas-
sement des lourds vêtements d'hiver faisait ressembler tous ces
150 corps à des curés obèses avec leurs longues soutanes. Mais deux
hommes se reconnurent, un troisième les aborda, ils causèrent :
« J'emmène ma femme, dit l'un. – J'en fais autant. – Et moi aussi. »
Le premier ajouta : « Nous ne reviendrons pas à Rouen, et si les
Prussiens approchent du Havre nous gagnerons l'Angleterre. »
155 Tous avaient les mêmes projets, étant de complexion[1] semblable.

Cependant on n'attelait pas la voiture. Une petite lanterne, que
portait un valet d'écurie, sortait de temps à autre d'une porte obs-
cure pour disparaître immédiatement dans une autre. Des pieds
de chevaux frappaient la terre, amortis par le fumier des litières, et
160 une voix d'homme parlant aux bêtes et jurant s'entendait au fond
du bâtiment. Un léger murmure de grelots annonça qu'on maniait
les harnais ; ce murmure devint bientôt un frémissement clair et
continu rythmé par le mouvement de l'animal, s'arrêtant parfois,
puis reprenant dans une brusque secousse qu'accompagnait le
165 bruit mat d'un sabot ferré battant le sol.

La porte subitement se ferma. Tout bruit cessa. Les bourgeois,
gelés, s'étaient tus : ils demeuraient immobiles et roidis.

Un rideau de flocons blancs ininterrompu miroitait sans cesse
en descendant vers la terre ; il effaçait les formes, poudrait les choses
170 d'une mousse de glace ; et l'on n'entendait plus, dans le grand
silence de la ville calme et ensevelie sous l'hiver, que ce froisse-
ment vague, innommable et flottant de la neige qui tombe, plutôt
sensation que bruit, entremêlement d'atomes légers qui semblaient
emplir l'espace, couvrir le monde.

175 L'homme reparut, avec sa lanterne, tirant au bout d'une corde
un cheval triste qui ne venait pas volontiers. Il le plaça contre le
timon[2], attacha les traits[3], tourna longtemps autour pour assurer
les harnais, car il ne pouvait se servir que d'une main, l'autre por-

1. **Complexion :** tempérament (sens littéraire).
2. **Timon :** pièce de bois à laquelle on attelle les chevaux.
3. **Traits :** cordes servant à tirer une voiture.

tant sa lumière. Comme il allait chercher la seconde bête, il remar-
180 qua tous ces voyageurs immobiles, déjà blancs de neige, et leur
dit : « Pourquoi ne montez-vous pas dans la voiture ? Vous serez à
l'abri, au moins. »

Ils n'y avaient pas songé, sans doute, et ils se précipitèrent. Les
trois hommes installèrent leurs femmes dans le fond, montèrent
185 ensuite ; puis les autres formes indécises et voilées prirent à leur
tour les dernières places sans échanger une parole.

Le plancher était couvert de paille où les pieds s'enfoncèrent. Les
dames du fond, ayant apporté des petites chaufferettes en cuivre
avec un charbon chimique, allumèrent ces appareils, et, pendant
190 quelque temps, à voix basse, elles en énumérèrent les avantages,
se répétant des choses qu'elles savaient déjà depuis longtemps.

Enfin, la diligence étant attelée, avec six chevaux au lieu de quatre à
cause du tirage plus pénible, une voix du dehors demanda : « Tout
le monde est-il monté ? » Une voix du dedans répondit : « Oui. »
195 On partit.

La voiture avançait lentement, lentement, à tout petits pas. Les
roues s'enfonçaient dans la neige ; le coffre entier geignait avec des
craquements sourds ; les bêtes glissaient, soufflaient, fumaient et
le fouet gigantesque du cocher claquait sans repos, voltigeait de
200 tous les côtés, se nouant et se déroulant comme un serpent mince,
et cinglant brusquement quelque croupe rebondie qui se tendait
alors sous un effort plus violent.

Mais le jour imperceptiblement grandissait. Ces flocons légers
qu'un voyageur, Rouennais pur sang, avait comparés à une pluie
205 de coton, ne tombaient plus. Une lueur sale filtrait à travers de
gros nuages obscurs et lourds qui rendaient plus éclatante la blan-
cheur de la campagne où apparaissaient tantôt une ligne de grands
arbres vêtus de givre, tantôt une chaumière avec un capuchon de
neige.
210 Dans la voiture, on se regardait curieusement, à la triste clarté de
cette aurore.

Tout au fond, aux meilleures places, sommeillaient, en face l'un
de l'autre, M. et Mme Loiseau, des marchands de vins en gros de la
rue Grand-Pont[1].

1. **Rue Grand-Pont :** rue d'un quartier riche de Rouen.

215 Ancien commis[1] d'un patron ruiné dans les affaires, Loiseau avait acheté le fonds et fait fortune. Il vendait à très bon marché de très mauvais vins aux petits débitants des campagnes et passait parmi ses connaissances et ses amis pour un fripon madré[2], un vrai Normand plein de ruses et de jovialité.

220 Sa réputation de filou était si bien établie qu'un soir à la préfecture, M. Tournel, auteur de fables et de chansons, esprit mordant et fin, une gloire locale, avait proposé aux dames qu'il voyait un peu somnolentes de faire une partie de « Loiseau vole » ; le mot lui-même vola à travers les salons du préfet, puis, gagnant ceux de 225 la ville, avait fait rire pendant un mois toutes les mâchoires de la province.

Loiseau était en outre célèbre par ses farces de toute nature, ses plaisanteries bonnes ou mauvaises ; et personne ne pouvait parler de lui sans ajouter immédiatement : « Il est impayable, ce 230 Loiseau. »

De taille exiguë, il présentait un ventre en ballon surmonté d'une face rougeaude entre deux favoris[3] grisonnants.

Sa femme, grande, forte, résolue, avec la voix haute et la décision rapide, était l'ordre et l'arithmétique de la maison de commerce, 235 qu'il animait par son activité joyeuse.

À côté d'eux se tenait, plus digne, appartenant à une caste[4] supérieure, M. Carré-Lamadon, homme considérable, posé dans les cotons, propriétaire de trois filatures, officier de la Légion d'honneur et membre du Conseil général. Il était resté, tout le temps 240 de l'Empire, chef de l'opposition bienveillante, uniquement pour se faire payer plus cher son ralliement à la cause qu'il combattait avec des armes courtoises, selon sa propre expression. Mme Carré-Lamadon, beaucoup plus jeune que son mari, demeurait la consolation des officiers de bonne famille envoyés à Rouen en garnison.

245 Elle faisait vis-à-vis à son époux, toute mignonne, toute jolie, pelotonnée dans ses fourrures, et regardait d'un air navré l'intérieur lamentable de la voiture.

1. **Commis** : employé.
2. **Fripon madré** : escroc rusé.
3. **Favoris** : touffes de barbe encadrant le visage.
4. **Caste** : classe sociale fermée.

Boule de suif

Ses voisins, le comte et la comtesse Hubert de Bréville, portaient un des noms les plus anciens et les plus nobles de Normandie. Le
250 comte, vieux gentilhomme de grande tournure, s'efforçait d'accentuer, par les artifices de sa toilette, sa ressemblance naturelle avec le roy[1] Henri IV, qui, suivant une légende glorieuse pour la famille, avait rendu grosse une dame de Bréville, dont le mari, pour ce fait, était devenu comte et gouverneur de province.
255 Collègue de M. Carré-Lamadon au Conseil général, le comte Hubert représentait le parti orléaniste[2] dans le département. L'histoire de son mariage avec la fille d'un petit armateur de Nantes était toujours demeurée mystérieuse. Mais comme la comtesse avait grand air, recevait mieux que personne, passait même pour
260 avoir été aimée par un des fils de Louis-Philippe, toute la noblesse lui faisait fête, et son salon demeurait le premier du pays, le seul où se conservât la vieille galanterie, et dont l'entrée fût difficile.

La fortune des Bréville, toute en biens-fonds[3], atteignait, disait-on, cinq cent mille livres de revenu.
265 Ces six personnes formaient le fond de la voiture, le côté de la société rentée[4], sereine et forte, des honnêtes gens autorisés qui ont de la Religion et des Principes.

Par un hasard étrange, toutes les femmes se trouvaient sur le même banc ; et la comtesse avait encore pour voisines deux bonnes
270 sœurs qui égrenaient de longs chapelets[5] en marmottant des *Pater* et des *Ave*[6]. L'une était vieille avec une face défoncée par la petite vérole[7] comme si elle eût reçu à bout portant une bordée de mitraille en pleine figure. L'autre, très chétive, avait une tête jolie et maladive sur une poitrine de phtisique[8] rongée par cette foi dévo-
275 rante qui fait les martyrs et les illuminés.

1. **Roy :** orthographe ancienne de « roi ».
2. **Orléaniste :** favorable au retour au pouvoir de la branche des Orléans, très conservatrice.
3. **Biens-fonds :** bien foncier (immobilier) ; 500 000 livres représentaient environ 250 fois le revenu annuel d'un employé de ministère comme Maupassant.
4. **Rentée :** qui a des rentes.
5. **Chapelets :** objets de dévotion formés de grains enfilés.
6. *Pater, Ave :* premiers mots latins de deux prières catholiques.
7. **Petite vérole :** variole, maladie infectieuse contagieuse caractérisée par une éruption de pustules qui laissaient souvent des cicatrices.
8. **Phtisique :** atteinte de tuberculose.

Boule de suif. En diligence, estampe de Georges Bertin Scott,
Bibliothèque nationale de France, Paris.

En face des deux religieuses, un homme et une femme attiraient les regards de tous.

L'homme, bien connu, était Cornudet le démoc[1], la terreur des gens respectables. Depuis vingt ans, il trempait sa barbe rousse dans les bocks de tous les cafés démocratiques. Il avait mangé avec les frères et amis une assez belle fortune qu'il tenait de son père, ancien confiseur, et il attendait impatiemment la République pour obtenir enfin la place méritée par tant de consommations révolutionnaires. Au quatre septembre[2], par suite d'une farce peut-être, il s'était cru nommé préfet ; mais quand il voulut entrer en fonctions, les garçons de bureau, demeurés seuls maîtres de la place, refusèrent de le reconnaître, ce qui le contraignit à la retraite. Fort bon garçon du reste, inoffensif et serviable, il s'était occupé avec une ardeur incomparable d'organiser la défense. Il avait fait creuser des trous dans les plaines, coucher tous les jeunes arbres des forêts voisines, semé des pièges sur toutes les routes, et, à l'approche de l'ennemi, satisfait de ses préparatifs, il s'était vivement replié vers la ville. Il pensait maintenant se rendre plus utile au Havre, où de nouveaux retranchements allaient être nécessaires.

La femme, une de celles appelées galantes[3], était célèbre par son embonpoint précoce qui lui avait valu le surnom de Boule de suif. Petite, ronde de partout, grasse à lard, avec des doigts bouffis, étranglés aux phalanges, pareils à des chapelets de courtes saucisses, avec une peau luisante et tendue, une gorge énorme qui saillait sous sa robe, elle restait cependant appétissante et courue, tant sa fraîcheur faisait plaisir à voir. Sa figure était une pomme rouge, un bouton de pivoine prêt à fleurir ; et là-dedans s'ouvraient, en haut, des yeux noirs magnifiques, ombragés de grands cils épais qui mettaient une ombre dedans ; en bas, une bouche charmante, étroite, humide pour le baiser, meublée de quenottes luisantes et microscopiques.

Elle était de plus, disait-on, pleine de qualités inappréciables.

Aussitôt qu'elle fut reconnue, des chuchotements coururent parmi les femmes honnêtes, et les mots de « prostituée », de

1. **Démoc** : abréviation péjorative pour « démocrate ».
2. **4 septembre (1870)** : journée révolutionnaire après la défaite de Sedan où on proclama la déchéance de Napoléon III puis la République.
3. **Galantes** : prostituées.

« honte publique » furent chuchotés si haut qu'elle leva la tête.
Alors elle promena sur ses voisins un regard tellement provocant
et hardi qu'un grand silence aussitôt régna, et tout le monde
baissa les yeux à l'exception de Loiseau, qui la guettait d'un air
émoustillé[1].

Mais bientôt la conversation reprit entre les trois dames, que
la présence de cette fille avait rendues subitement amies, presque
intimes. Elles devaient faire, leur semblait-il, comme un faisceau de
leurs dignités d'épouses en face de cette vendue sans vergogne[2] ;
car l'amour légal le prend toujours de haut avec son libre confrère.

Les trois hommes aussi, rapprochés par un instinct de conserva-
teurs à l'aspect de Cornudet, parlaient argent d'un certain ton dédai-
gneux pour les pauvres. Le comte Hubert disait les dégâts que lui
avaient fait subir les Prussiens, les pertes qui résulteraient du bétail
volé et des récoltes perdues, avec une assurance de grand seigneur
dix fois millionnaire que ces ravages gêneraient à peine une année.
M. Carré-Lamadon, fort éprouvé dans l'industrie cotonnière, avait
eu soin d'envoyer six cent mille francs en Angleterre, une poire pour
la soif qu'il se ménageait à toute occasion. Quant à Loiseau, il s'était
arrangé pour vendre à l'Intendance française tous les vins communs
qui lui restaient en cave, de sorte que l'État lui devait une somme
formidable qu'il comptait bien toucher au Havre.

Et tous les trois se jetaient des coups d'œil rapides et amicaux.
Bien que de conditions différentes, ils se sentaient frères par l'argent,
de la grande franc-maçonnerie[3] de ceux qui possèdent, qui font son-
ner de l'or en mettant la main dans la poche de leur culotte.

La voiture allait si lentement qu'à dix heures du matin on n'avait
pas fait quatre lieues. Les hommes descendirent trois fois pour
monter des côtes à pied. On commençait à s'inquiéter, car on
devait déjeuner à Tôtes[4] et l'on désespérait maintenant d'y parve-
nir avant la nuit. Chacun guettait pour apercevoir un cabaret sur
la route, quand la diligence sombra dans un amoncellement de
neige, et il fallut deux heures pour la dégager.

1. **Émoustillé :** légèrement excité.
2. **Vendue sans vergogne :** qui vend son corps sans honte.
3. **Franc-maçonnerie :** nom d'une société secrète, ici au sens figuré.
4. **Tôtes :** village situé à 29 km au nord de Rouen.

Clefs d'analyse

Action et personnages

1. Combien de personnages sont présentés ? Comment se répartissent-ils socialement ? Pour chaque portrait, relevez quelques mots-clefs caractérisant le personnage (par exemple « fortune » et « filou » pour M. Loiseau).

2. Comment comprenez-vous l'ordre de présentation adopté par Maupassant ?

3. Peut-on deviner ce qui va se jouer entre les personnages dans la suite de la nouvelle ?

Langue

4. Réécrivez le premier paragraphe de cet extrait sans employer de discours direct.

5. Transposez le second paragraphe de l'extrait en employant le passé simple ; vous expliquerez le problème sémantique que cela pose.

6. Dans la phrase : « Dans la voiture on se regardait curieusement... » (l. 210), remplacez l'adverbe « curieusement » par un groupe prépositionnel.

7. Relevez les expansions des groupes nominaux depuis « La femme » (l. 295), jusqu'à « microscopiques » (l. 305) et classez-les suivant leur nature grammaticale.

8. Relevez, dans le portrait de Boule de suif, les comparaisons et métaphores, et expliquez leurs effets de sens.

Genre ou thèmes

9. Recherchez dans ce passage tous les indices du texte descriptif.

10. En quoi la description du paysage annonce-t-elle un drame ? Relevez tous les éléments péjoratifs de cette description.

11. Selon quel point de vue narratif est menée cette description ?

12. Relevez les quelques passages narratifs de l'extrait ; expliquez leur rôle dans la description.

13. Relevez, dans les portraits des couples Carré-Lamadon et Bréville, toutes les caractérisations sociales : comment Maupassant met-il en valeur leur position dominante ? Peut-on savoir quelle est l'opinion du narrateur sur ces personnages ?

14. Pourquoi Maupassant insiste-t-il à ce point sur l'appartenance sociale de ses personnages ?

Écriture

15. Réécrivez plusieurs portraits de Boule de suif, en adoptant différents points de vue (celui de Cornudet, d'une religieuse, de M. Loiseau, de la comtesse…) ; vous pouvez utiliser le discours indirect libre.

16. Quelle impression vous fait Boule de suif ? Vous l'évoquerez dans un paragraphe argumenté, appuyé sur le texte.

17. Décrivez un groupe de personnages également très différents, et obligés de se côtoyer pendant une durée déterminée (dans un compartiment de métro ou un ascenseur par exemple).

Pour aller plus loin

18. Lisez *La Maison Tellier* ; comparez les portraits de prostituées.

✳ À retenir

La description donne des indications utiles pour comprendre l'action. Elle renseigne sur les lieux, les objets et les personnages (on parle alors de portraits, moraux ou physiques). Dans la plupart des cas, la description contient un jugement de nature idéologique (moral, social, politique) sur ce qui est décrit, et apporte des indices sur l'action à venir.

Boule de suif

L'appétit grandissait, troublait les esprits ; et aucune gargote[1], aucun marchand de vin ne se montraient, l'approche des Prussiens et le passage des troupes françaises affamées ayant effrayé toutes
345 les industries.

Les messieurs coururent aux provisions dans les fermes au bord du chemin, mais ils n'y trouvèrent pas même de pain, car le paysan, défiant, cachait ses réserves dans la crainte d'être pillé par les soldats qui, n'ayant rien à se mettre sous la dent, prenaient par
350 force ce qu'ils découvraient.

Vers une heure de l'après-midi, Loiseau annonça que décidément il se sentait un rude creux dans l'estomac. Tout le monde souffrait comme lui depuis longtemps, et le violent besoin de manger, augmentant toujours, avait tué les conversations.

355 De temps en temps, quelqu'un bâillait ; un autre presque aussitôt l'imitait ; et chacun, à tour de rôle, suivant son caractère, son savoir-vivre et sa position sociale, ouvrait la bouche avec fracas ou modestement en portant vite sa main devant le trou béant d'où sortait une vapeur.

360 Boule de suif, à plusieurs reprises, se pencha comme si elle cherchait quelque chose sous ses jupons. Elle hésitait une seconde, regardait ses voisins, puis se redressait tranquillement. Les figures étaient pâles et crispées. Loiseau affirma qu'il payerait mille francs un jambonneau. Sa femme fit un geste comme pour protester ;
365 puis elle se calma. Elle souffrait toujours en entendant parler d'argent gaspillé, et ne comprenait même pas les plaisanteries sur ce sujet. « Le fait est que je ne me sens pas bien, dit le comte ; comment n'ai-je pas songé à apporter des provisions ? » Chacun se faisait le même reproche.

370 Cependant, Cornudet avait une gourde pleine de rhum ; il en offrit : on refusa froidement. Loiseau seul en accepta deux gouttes, et, lorsqu'il rendit la gourde, il remercia : « C'est bon tout de même, ça réchauffe, et ça trompe l'appétit. » L'alcool le mit en belle humeur et il proposa de faire comme sur le petit navire de la chanson : de
375 manger le plus gras des voyageurs. Cette allusion indirecte à Boule de suif choqua les gens bien élevés. On ne répondit pas ; Cornudet seul eut un sourire. Les deux bonnes sœurs avaient cessé de mar-

1. **Gargote :** restaurant populaire (péjoratif).

motter leur rosaire[1], et, les mains enfoncées dans leurs grandes manches, elles se tenaient immobiles, baissant obstinément les yeux, offrant
380 sans doute au ciel la souffrance qu'il leur envoyait.

Enfin, à trois heures, comme on se trouvait au milieu d'une plaine interminable, sans un seul village en vue, Boule de suif, se baissant vivement, retira de sous la banquette un large panier couvert d'une serviette blanche.

385 Elle en sortit d'abord une petite assiette de faïence, une fine timbale en argent, puis une vaste terrine dans laquelle deux poulets entiers, tout découpés, avaient confit sous leur gelée ; et l'on apercevait encore dans le panier d'autres bonnes choses enveloppées, des pâtés, des fruits, des friandises, les provisions préparées pour un voyage de
390 trois jours, afin de ne point toucher à la cuisine des auberges. Quatre goulots de bouteilles passaient entre les paquets de nourriture. Elle prit une aile de poulet et, délicatement, se mit à la manger avec un de ces petits pains qu'on appelle « Régence[2] » en Normandie.

Tous les regards étaient tendus vers elle. Puis l'odeur se répan-
395 dit, élargissant les narines, faisant venir aux bouches une salive abondante avec une contraction douloureuse de la mâchoire sous les oreilles. Le mépris des dames pour cette fille devenait féroce, comme une envie de la tuer, ou de la jeter en bas de la voiture, dans la neige, elle, sa timbale, son panier et ses provisions.

400 Mais Loiseau dévorait des yeux la terrine de poulet. Il dit : « À la bonne heure, Madame a eu plus de précaution que nous. Il y a des personnes qui savent toujours penser à tout. » Elle leva la tête vers lui : « Si vous en désirez, monsieur ? C'est dur de jeûner depuis le matin. » Il salua : « Ma foi, franchement, je ne refuse pas, je n'en peux plus. À la
405 guerre comme à la guerre, n'est-ce pas, madame ? » Et, jetant un regard circulaire, il ajouta : « Dans des moments comme celui-ci, on est bien aise de trouver des gens qui vous obligent[3]. » Il avait un journal, qu'il étendit pour ne point tacher son pantalon, et sur la pointe d'un couteau toujours logé dans sa poche, il enleva une cuisse toute vernie de gelée,
410 la dépeça des dents, puis la mâcha avec une satisfaction si évidente qu'il y eut dans la voiture un grand soupir de détresse.

1. **Rosaire :** grand chapelet.
2. **Régence :** nom régional d'un petit pain léger.
3. **Qui vous obligent :** qui vous rendent service.

Mais Boule de suif, d'une voix humble et douce, proposa aux bonnes sœurs de partager sa collation. Elles acceptèrent toutes les deux instantanément, et, sans lever les yeux, se mirent à manger très vite
415 après avoir balbutié des remerciements. Cornudet ne refusa pas non plus les offres de sa voisine, et l'on forma avec les religieuses une sorte de table en développant des journaux sur les genoux.

Les bouches s'ouvraient et se fermaient sans cesse, avalaient, mastiquaient, engloutissaient férocement. Loiseau, dans son coin,
420 travaillait dur, et, à voix basse, il engageait sa femme à l'imiter. Elle résista longtemps, puis, après une crispation qui lui parcourut les entrailles, elle céda. Alors son mari, arrondissant sa phrase, demanda à leur « charmante compagne » si elle lui permettait d'offrir un petit morceau à Mme Loiseau. Elle dit : « Mais oui, certaine-
425 ment, monsieur », avec un sourire aimable, et tendit la terrine.

Un embarras se produisit lorsqu'on eut débouché la première bouteille de bordeaux : il n'y avait qu'une timbale. On se la passa après l'avoir essuyée. Cornudet seul, par galanterie sans doute, posa ses lèvres à la place humide encore des lèvres de sa voisine.
430 Alors, entourés de gens qui mangeaient, suffoqués par les émanations des nourritures, le comte et la comtesse de Bréville, ainsi que M. et Mme Carré-Lamadon souffrirent ce supplice odieux qui a gardé le nom de Tantale[1]. Tout d'un coup la jeune femme du manufacturier poussa un soupir qui fit retourner les têtes ; elle
435 était aussi blanche que la neige du dehors ; ses yeux se fermèrent, son front tomba : elle avait perdu connaissance. Son mari, affolé, implorait le secours de tout le monde. Chacun perdait l'esprit, quand la plus âgée des bonnes sœurs, soutenant la tête de la malade, glissa entre ses lèvres la timbale de Boule de suif et lui
440 fit avaler quelques gouttes de vin. La jolie dame remua, ouvrit les yeux, sourit et déclara d'une voix mourante qu'elle se sentait fort bien maintenant. Mais, afin que cela ne se renouvelât plus, la religieuse la contraignit à boire un plein verre de bordeaux, et elle ajouta : « C'est la faim, pas autre chose. »
445 Alors Boule de suif, rougissante et embarrassée, balbutia en regardant les quatre voyageurs restés à jeun : « Mon Dieu, si j'osais

1. **Tantale :** personnage de la mythologie grecque condamné aux Enfers à éprouver une faim et une soif éternelles.

offrir à ces messieurs et à ces dames... » Elle se tut, craignant un outrage[1]. Loiseau prit la parole : « Eh, parbleu, dans des cas pareils tout le monde est frère et doit s'aider. Allons, mesdames, pas de cérémonie, acceptez, que diable ! Savons-nous si nous trouverons seulement une maison où passer la nuit ? Du train dont nous allons, nous ne serons pas à Tôtes avant demain midi. » On hésitait, personne n'osant assumer la responsabilité du « oui ». Mais le comte trancha la question. Il se tourna vers la grosse fille intimidée, et, prenant son grand air de gentilhomme, il lui dit : « Nous acceptons avec reconnaissance, madame. »

Le premier pas seul coûtait. Une fois le Rubicon[2] passé, on s'en donna carrément. Le panier fut vidé. Il contenait encore un pâté de foie gras, un pâté de mauviettes[3], un morceau de langue fumée, des poires de Crassane[4], un pavé de pont-l'évêque, des petits fours et une tasse pleine de cornichons et d'oignons au vinaigre, Boule de suif, comme toutes les femmes, adorant les crudités.

On ne pouvait manger les provisions de cette fille sans lui parler. Donc on causa, avec réserve d'abord, puis, comme elle se tenait fort bien, on s'abandonna davantage. Mmes de Bréville et Carré-Lamadon, qui avaient un grand savoir-vivre, se firent gracieuses avec délicatesse. La comtesse surtout montra cette condescendance aimable des très nobles dames qu'aucun contact ne peut salir, et fut charmante. Mais la forte Mme Loiseau, qui avait une âme de gendarme, resta revêche, parlant peu et mangeant beaucoup.

On s'entretint de la guerre, naturellement. On raconta des faits horribles des Prussiens, des traits de bravoure des Français ; et tous ces gens qui fuyaient rendirent hommage au courage des autres. Les histoires personnelles commencèrent bientôt, et Boule de suif raconta, avec une émotion vraie, avec cette chaleur de parole qu'ont parfois les filles pour exprimer leurs emportements naturels, comment elle avait quitté Rouen : « J'ai cru d'abord que je

1. **Craignant un outrage** : craignant qu'ils prennent son offre pour une injure.
2. **Rubicon** : « passer » ou « franchir le Rubicon » (fleuve séparant l'Italie de la Gaule, et que franchit César) signifie prendre une décision audacieuse.
3. **Mauviettes** : alouettes (petits oiseaux).
4. **Crassane** : variété de poires mûres en hiver.

pourrais rester, disait-elle. J'avais ma maison pleine de provisions,
480 et j'aimais mieux nourrir quelques soldats que m'expatrier je ne
sais où. Mais quand je les ai vus, ces Prussiens, ce fut plus fort que
moi ! Ils m'ont tourné le sang de colère ; et j'ai pleuré de honte
toute la journée. Oh ! si j'étais un homme, allez ! Je les regardais de
ma fenêtre, ces gros porcs avec leur casque à pointe, et ma bonne
485 me tenait les mains pour m'empêcher de leur jeter mon mobilier
sur le dos. Puis il en est venu pour loger chez moi ; alors j'ai sauté
à la gorge du premier. Ils ne sont pas plus difficiles à étrangler que
d'autres ! Et je l'aurais terminé, celui-là, si l'on ne m'avait pas tirée
par les cheveux. Il a fallu me cacher après ça. Enfin, quand j'ai
490 trouvé une occasion, je suis partie, et me voici. »

On la félicita beaucoup. Elle grandissait dans l'estime de ses
compagnons qui ne s'étaient pas montrés si crânes[1] ; et Cornudet,
en l'écoutant, gardait un sourire approbateur et bienveillant
d'apôtre ; de même un prêtre entend un dévot louer Dieu, car
495 les démocrates à longue barbe ont le monopole du patriotisme
comme les hommes en soutane ont celui de la religion. Il parla
à son tour d'un ton doctrinaire, avec l'emphase apprise dans les
proclamations qu'on collait chaque jour aux murs, et il finit par un
morceau d'éloquence où il étrillait[2] magistralement cette « crapule
500 de Badinguet[3] ».

Mais Boule de suif aussitôt se fâcha, car elle était bonapartiste[4].
Elle devenait plus rouge qu'une guigne[5], et, bégayant d'indi-
gnation : « J'aurais bien voulu vous voir à sa place, vous autres.
Ça aurait été du propre, ah oui ! C'est vous qui l'avez trahi, cet
505 homme ! On n'aurait plus qu'à quitter la France si l'on était gou-
verné par des polissons comme vous ! » Cornudet, impassible,
gardait un sourire dédaigneux et supérieur ; mais on sentait que
les gros mots allaient arriver quand le comte s'interposa et calma,
non sans peine, la fille exaspérée, en proclamant avec autorité
510 que toutes les opinions sincères étaient respectables. Cependant

1. **Crânes :** courageux (littéraire).
2. **Étrillait :** attaquait (sens figuré).
3. **Badinguet :** surnom de Napoléon III.
4. **Bonapartiste :** partisan de la dynastie de Napoléon Bonaparte.
5. **Guigne :** variété de cerise rouge foncé.

la comtesse et la manufacturière, qui avaient dans l'âme la haine irraisonnée des gens comme il faut pour la République, et cette instinctive tendresse que nourrissent toutes les femmes pour les gouvernements à panache[1] et despotiques, se sentaient, malgré 515 elles, attirées vers cette prostituée pleine de dignité, dont les sentiments ressemblaient si fort aux leurs.

Le panier était vide. A dix on l'avait tari sans peine, en regrettant qu'il ne fût pas plus grand. La conversation continua quelque temps, un peu refroidie néanmoins depuis qu'on avait fini de manger.

520 La nuit tombait, l'obscurité peu à peu devint profonde, et le froid, plus sensible pendant les digestions, faisait frissonner Boule de suif, malgré sa graisse. Alors Mme de Bréville lui proposa sa chaufferette dont le charbon, depuis le matin, avait été plusieurs fois renouvelé, et l'autre accepta tout de suite car elle se sentait les 525 pieds gelés. Mme Carré-Lamadon et Loiseau donnèrent les leurs aux religieuses.

Le cocher avait allumé ses lanternes. Elles éclairaient d'une lueur vive un nuage de buée au-dessus de la croupe en sueur des timoniers[2], et, des deux côtés de la route, la neige qui semblait se 530 dérouler sous le reflet mobile des lumières.

On ne distinguait plus rien dans la voiture ; mais tout à coup un mouvement se fit entre Boule de suif et Cornudet ; et Loiseau, dont l'œil fouillait l'ombre, crut voir l'homme à la grande barbe s'écarter vivement comme s'il eût reçu quelque bon coup lancé sans bruit.

535 Des petits points de feu parurent en avant sur la route. C'était Tôtes. On avait marché onze heures, ce qui, avec les deux heures de repos laissées en quatre fois aux chevaux pour manger l'avoine et souffler, faisait quatorze. On entra dans le bourg, et devant l'hôtel du Commerce on s'arrêta.

540 La portière s'ouvrit. Un bruit bien connu fit tressaillir tous les voyageurs : c'étaient les heurts d'un fourreau de sabre sur le sol. Aussitôt la voix d'un Allemand cria quelque chose.

Bien que la diligence fût immobile, personne ne descendait, comme si l'on se fût attendu à être massacré à la sortie. Alors le 545 conducteur apparut, tenant à la main une de ses lanternes, qui

1. **À panache :** qui affichent leur bravoure.
2. **Timoniers :** chevaux attelés au timon (pièce de bois).

éclaira subitement jusqu'au fond de la voiture les deux rangs de têtes effarées, dont les bouches étaient ouvertes et les yeux écarquillés de surprise et d'épouvante.

À côté du cocher se tenait, en pleine lumière, un officier allemand, un grand jeune homme excessivement mince et blond, serré dans son uniforme comme une fille en son corset, et portant sur le côté sa casquette plate et cirée qui le faisait ressembler au chasseur d'un hôtel anglais. Sa moustache démesurée, à longs poils droits, s'amincissant indéfiniment de chaque côté et terminée par un seul fil blond, si mince qu'on n'en apercevait pas la fin, semblait peser sur les coins de sa bouche, et, tirant la joue, imprimait aux lèvres un pli tombant.

Il invita en français d'Alsacien les voyageurs à sortir, disant d'un ton raide : « Foulez-fous tescentre, messieurs et tames ? »

Les deux bonnes sœurs obéirent les premières avec une docilité de saintes filles habituées à toutes les soumissions. Le comte et la comtesse parurent ensuite, suivis du manufacturier et de sa femme, puis de Loiseau poussant devant lui sa grande moitié. Celui-ci, en mettant pied à terre, dit à l'officier : « Bonjour, monsieur », par un sentiment de prudence bien plus que de politesse. L'autre, insolent comme les gens tout-puissants, le regarda sans répondre.

Boule de suif et Cornudet, bien que près de la portière, descendirent les derniers, graves et hautains devant l'ennemi. La grosse fille tâchait de se dominer et d'être calme : le démoc tourmentait d'une main tragique et un peu tremblante sa longue barbe roussâtre. Ils voulaient garder de la dignité, comprenant qu'en ces rencontres-là chacun représente un peu son pays ; et, pareillement révoltés par la souplesse de leurs compagnons, elle tâchait de se montrer plus fière que ses voisines, les femmes honnêtes, tandis que lui, sentant bien qu'il devait l'exemple, continuait en toute son attitude sa mission de résistance commencée au défoncement des routes.

On entra dans la vaste cuisine de l'auberge, et l'Allemand, s'étant fait présenter l'autorisation de départ signée par le général en chef et où étaient mentionnés les noms, le signalement et la profession de chaque voyageur, examina longuement tout ce monde, comparant les personnes aux renseignements écrits.

Puis il dit brusquement : « C'est pien », et il disparut.

Alors on respira. On avait faim encore ; le souper fut commandé.
585 Une demi-heure était nécessaire pour l'apprêter ; et, pendant que
deux servantes avaient l'air de s'en occuper, on alla visiter les
chambres. Elles se trouvaient toutes dans un long couloir que ter-
minait une porte vitrée marquée d'un numéro parlant[1].

Enfin on allait se mettre à table, quand le patron de l'auberge parut lui-
590 même. C'était un ancien marchand de chevaux, un gros homme asth-
matique qui avait toujours des sifflements, des enrouements, des chants
de glaires dans le larynx. Son père lui avait transmis le nom de Follenvie.

Il demanda :

« Mademoiselle Élisabeth Rousset ? »

595 Boule de suif tressaillit, se retourna :

« C'est moi.

– Mademoiselle, l'officier prussien veut vous parler immédiatement.

– À moi ?

– Oui, si vous êtes bien mademoiselle Élisabeth Rousset. »

600 Elle se troubla, réfléchit une seconde, puis déclara carrément :

« C'est possible, mais je n'irai pas. »

Un mouvement se fit autour d'elle ; chacun discutait, cherchait
la cause de cet ordre. Le comte s'approcha :

« Vous avez tort, madame, car votre refus peut amener des diffi-
605 cultés considérables, non seulement pour vous, mais même pour
tous vos compagnons. Il ne faut jamais résister aux gens qui sont
les plus forts. Cette démarche assurément ne peut présenter aucun
danger : c'est sans doute pour quelque formalité oubliée. »

Tout le monde se joignit à lui, on la pria, on la pressa, on la ser-
610 monna, et l'on finit par la convaincre ; car tous redoutaient les compli-
cations qui pourraient résulter d'un coup de tête. Elle dit enfin :

« C'est pour vous que je le fais, bien sûr ! »

La comtesse lui prit la main :

« Et nous vous en remercions. »

615 Elle sortit. On l'attendit pour se mettre à table. Chacun se déso-
lait de n'avoir pas été demandé à la place de cette fille violente et
irascible, et préparait mentalement des platitudes pour le cas où on
l'appellerait à son tour.

1. **Numéro parlant :** la porte des toilettes portait le numéro cent, par jeu de mots
avec le verbe sentir.

Mais au bout de dix minutes elle reparut, soufflant, rouge à suf-
620 foquer, exaspérée. Elle balbutiait : « Oh la canaille ! la canaille ! »

Tous s'empressaient pour savoir, mais elle ne dit rien ; et, comme
le comte insistait, elle répondit avec une grande dignité : « Non,
cela ne vous regarde pas, je ne peux pas parler. »

Alors on s'assit autour d'une haute soupière d'où sortait un
625 parfum de choux. Malgré cette alerte, le souper fut gai. Le cidre
était bon, le ménage Loiseau et les bonnes sœurs en prirent, par
économie. Les autres demandèrent du vin ; Cornudet réclama de
la bière. Il avait une façon particulière de déboucher la bouteille,
de faire mousser le liquide, de le considérer en penchant le verre,
630 qu'il élevait ensuite entre la lampe et son œil pour bien apprécier
la couleur. Quand il buvait, sa grande barbe, qui avait gardé la
nuance de son breuvage aimé, semblait tressaillir de tendresse ;
ses yeux louchaient pour ne point perdre de vue sa chope, et il
avait l'air de remplir l'unique fonction pour laquelle il était né. On
635 eût dit qu'il établissait en son esprit un rapprochement et comme
une affinité entre les deux grandes passions qui occupaient toute
sa vie : le Pale-Ale[1] et la Révolution ; et assurément il ne pouvait
déguster l'un sans songer à l'autre.

M. et Mme Follenvie dînaient tout au bout de la table. L'homme,
640 râlant comme une locomotive crevée, avait trop de tirage dans
la poitrine pour pouvoir parler en mangeant ; mais la femme ne
se taisait jamais. Elle raconta toutes ses impressions à l'arrivée
des Prussiens, ce qu'ils faisaient, ce qu'ils disaient, les exécrant[2]
d'abord, parce qu'ils lui coûtaient de l'argent, et, ensuite, parce
645 qu'elle avait deux fils à l'armée. Elle s'adressait surtout à la com-
tesse, flattée de causer avec une dame de qualité.

Puis elle baissait la voix pour dire les choses délicates, et son mari
de temps en temps, l'interrompait : « Tu ferais mieux de te taire,
madame Follenvie. » Mais elle n'en tenait aucun compte, et conti-
650 nuait : « Oui, madame, ces gens-là, ça ne fait que manger des pommes
de terre et du cochon, et puis du cochon et des pommes de terre. Et
il ne faut pas croire qu'ils sont propres. – Oh non ! – Ils ordurent par-
tout, sauf le respect que je vous dois. Et si vous les voyiez faire l'exer-

1. **Pale-Ale :** nom anglais de la bière blonde.
2. **Exécrant :** haïssant.

cice pendant des heures et des jours ; ils sont là tous dans un champ :
655 – Et marche en avant, et marche en arrière, et tourne par-ci, et tourne par-là. – S'ils cultivaient la terre au moins, ou s'ils travaillaient aux routes dans leur pays ! – Mais non, madame, ces militaires, ça n'est profitable à personne ! Faut-il que le pauvre peuple les nourrisse pour n'apprendre rien qu'à massacrer ! – Je ne suis qu'une vieille femme
660 sans éducation, c'est vrai, mais en les voyant qui s'esquintent le tempérament à piétiner du matin au soir, je me dis : – Quand il y a des gens qui font tant de découvertes pour être utiles, faut-il que d'autres se donnent tant de mal pour être nuisibles ! Vraiment, n'est-ce pas une abomination de tuer des gens, qu'ils soient Prussiens, ou bien
665 Anglais, ou bien Polonais, ou bien Français ? – Si l'on se revenge[1] sur quelqu'un qui vous a fait tort, c'est mal, puisqu'on vous condamne ; mais quand on extermine nos garçons comme du gibier, avec des fusils, c'est donc bien, puisqu'on donne des décorations à celui qui en détruit le plus ? – Non, voyez-vous, je ne comprendrai jamais cela ! »
670 Cornudet éleva la voix :

« La guerre est une barbarie quand on attaque un voisin paisible ; c'est un devoir sacré quand on défend la patrie. »

La vieille femme baissa la tête :

« Oui, quand on se défend, c'est autre chose ; mais si l'on ne
675 devrait pas plutôt tuer tous les rois qui font ça pour leur plaisir ? »

L'œil de Cornudet s'enflamma :

« Bravo, citoyenne », dit-il.

M. Carré-Lamadon réfléchissait profondément. Bien qu'il fût fanatique des illustres capitaines, le bon sens de cette paysanne
680 le faisait songer à l'opulence qu'apporteraient dans un pays tant de bras inoccupés et par conséquent ruineux, tant de forces qu'on entretient improductives, si on les employait aux grands travaux industriels qu'il faudra des siècles pour achever.

Mais Loiseau, quittant sa place, alla causer tout bas avec l'auber-
685 giste. Le gros homme riait, toussait, crachait ; son énorme ventre sautillait de joie aux plaisanteries de son voisin, et il lui acheta six feuillettes[2] de bordeaux pour le printemps, quand les Prussiens seraient partis.

1. **Se revenge :** prononciation populaire de « se revancher » (littéraire), prendre sa revanche.
2. **Feuillettes :** tonneaux contenant environ 135 litres.

47

Le souper à peine achevé, comme on était brisé de fatigue, on se
690 coucha.

Cependant Loiseau, qui avait observé les choses, fit mettre au lit
son épouse, puis colla tantôt son oreille et tantôt son œil au trou
de la serrure, pour tâcher de découvrir ce qu'il appelait : « les mys-
tères du corridor ».

695 Au bout d'une heure environ, il entendit un frôlement, regarda
bien vite, et aperçut Boule de suif qui paraissait plus replète encore
sous un peignoir de cachemire bleu, bordé de dentelles blanches.
Elle tenait un bougeoir à la main et se dirigeait vers le gros
numéro tout au fond du couloir. Mais une porte, à côté, s'entrou-
700 vrit, et, quand elle revint au bout de quelques minutes, Cornudet,
en bretelles, la suivait. Ils parlaient bas, puis ils s'arrêtèrent. Boule
de suif semblait défendre l'entrée de sa chambre avec énergie.
Loiseau, malheureusement, n'entendait pas les paroles, mais, à
la fin, comme ils élevaient la voix, il put en saisir quelques-unes.
705 Cornudet insistait avec vivacité. Il disait :

« Voyons, vous êtes bête, qu'est-ce que ça vous fait ? »

Elle avait l'air indigné et répondit :

« Non, mon cher, il y a des moments où ces choses-là ne se font
pas ; et puis, ici, ce serait une honte. »

710 Il ne comprenait point, sans doute, et demanda pourquoi. Alors
elle s'emporta, élevant encore le ton :

« Pourquoi ? Vous ne comprenez pas pourquoi ? Quand il y a des
Prussiens dans la maison, dans la chambre à côté peut-être ? »

Il se tut. Cette pudeur patriotique de catin[1] qui ne se laissait
715 point caresser près de l'ennemi dut réveiller en son cœur sa dignité
défaillante, car, après l'avoir seulement embrassée, il regagna sa
porte à pas de loup.

Loiseau, très allumé, quitta la serrure, battit un entrechat dans
sa chambre, mit son madras[2], souleva le drap sous lequel gisait la
720 dure carcasse de sa compagne qu'il réveilla d'un baiser en murmu-
rant : « M'aimes-tu, chérie ? »

Alors toute la maison devint silencieuse. Mais bientôt s'éleva
quelque part, dans une direction indéterminée qui pouvait être la

1. **Catin :** prostituée.
2. **Madras :** mouchoir en madras (coton) qui, noué, servait de bonnet de nuit.

cave aussi bien que le grenier, un ronflement puissant, monotone,
725 régulier, un bruit sourd et prolongé, avec des tremblements de
chaudière sous pression. M. Follenvie dormait.

Comme on avait décidé qu'on partirait à huit heures le lendemain,
tout le monde se trouva dans la cuisine ; mais la voiture, dont la
bâche avait un toit de neige, se dressait solitaire au milieu de la cour,
730 sans chevaux et sans conducteur. On chercha en vain celui-ci dans les
écuries, dans les fourrages, dans les remises. Alors tous les hommes se
résolurent à battre le pays et ils sortirent. Ils se trouvèrent sur la place,
avec l'église au fond et, des deux côtés, des maisons basses où l'on
apercevait des soldats prussiens. Le premier qu'ils virent épluchait des
735 pommes de terre. Le second, plus loin, lavait la boutique du coiffeur.
Un autre, barbu jusqu'aux yeux, embrassait un mioche qui pleurait et
le berçait sur ses genoux pour tâcher de l'apaiser ; et les grosses pay-
sannes dont les hommes étaient à « l'armée de la guerre », indiquaient
par signes à leurs vainqueurs obéissants le travail qu'il fallait entre-
740 prendre : fendre du bois, tremper la soupe, moudre le café ; un d'eux
même lavait le linge de son hôtesse, une aïeule tout impotente.

Le comte, étonné, interrogea le bedeau[1] qui sortait du presbytère[2].
Le vieux rat d'église lui répondit : « Oh ! ceux-là ne sont pas méchants :
c'est pas des Prussiens à ce qu'on dit. Ils sont de plus loin, je ne sais pas
745 bien d'où ; et ils ont tous laissé une femme et des enfants au pays ; ça
ne les amuse pas, la guerre, allez ! Je suis sûr qu'on pleure bien aussi
là-bas après les hommes ; et ça fournira une fameuse misère chez eux
comme chez nous. Ici, encore, on n'est pas trop malheureux pour le
moment, parce qu'ils ne font pas de mal et qu'ils travaillent comme s'ils
750 étaient dans leurs maisons. Voyez-vous, monsieur, entre pauvres gens,
faut bien qu'on s'aide... C'est les grands qui font la guerre. »

Cornudet, indigné de l'entente cordiale établie entre les vain-
queurs et les vaincus, se retira, préférant s'enfermer dans l'auberge.
Loiseau eut un mot pour rire : « Ils repeuplent. » M. Carré-Lamadon
755 eut un mot grave : « Ils réparent. » Mais on ne trouvait pas le
cocher. À la fin on le découvrit dans le café du village attablé fra-
ternellement avec l'ordonnance de l'officier. Le comte l'interpella :

« Ne vous avait-on pas donné l'ordre d'atteler pour huit heures ?

1. **Bedeau** : employé laïc chargé de l'entretien de l'église.
2. **Presbytère** : habitation du curé.

– Ah bien oui, mais on m'en a donné un autre depuis.

760 – Lequel ?

– De ne pas atteler du tout.

– Qui vous a donné cet ordre ?

– Ma foi ! le commandant prussien.

– Pourquoi ?

765 – Je n'en sais rien. Allez lui demander. On me défend d'atteler, moi je n'attelle pas. Voilà.

– C'est lui-même qui vous a dit cela ?

– Non, monsieur : c'est l'aubergiste qui m'a donné l'ordre de sa part.

– Quand ça ?

770 – Hier soir, comme j'allais me coucher. »

Les trois hommes rentrèrent fort inquiets.

On demanda M. Follenvie, mais la servante répondit que Monsieur, à cause de son asthme, ne se levait jamais avant dix heures. Il avait même formellement défendu de le réveiller plus

775 tôt, excepté en cas d'incendie.

On voulut voir l'officier, mais cela était impossible absolument, bien qu'il logeât dans l'auberge. M. Follenvie seul était autorisé à lui parler pour les affaires civiles. Alors on attendit. Les femmes remontèrent dans leurs chambres, et des futilités les occupèrent.

780 Cornudet s'installa sous la haute cheminée de la cuisine, où flambait un grand feu. Il se fit apporter là une des petites tables du café, une canette[1], et il tira sa pipe qui jouissait parmi les démocrates d'une considération presque égale à la sienne, comme si elle avait servi la patrie en servant à Cornudet. C'était une superbe

785 pipe en écume[2] admirablement culottée[3], aussi noire que les dents de son maître, mais parfumée, recourbée, luisante, familière à sa main, et complétant sa physionomie. Et il demeura immobile, les yeux tantôt fixés sur la flamme du foyer, tantôt sur la mousse qui couronnait sa chope ; et chaque fois qu'il avait bu, il passait d'un

790 air satisfait ses longs doigts maigres dans ses longs cheveux gras, pendant qu'il humait sa moustache frangée d'écume.

1. **Canette** : petite bouteille de bière.
2. **Pipe en écume** : pipe en silicate de magnésium, appelée ainsi par analogie de couleur et d'aspect avec l'écume.
3. **Culottée** : qui porte la trace du dépôt de tabac (appelé « culot »).

Loiseau, sous prétexte de se dégourdir les jambes, alla placer du vin aux débitants du pays. Le comte et le manufacturier se mirent à causer politique. Ils prévoyaient l'avenir de la France. L'un croyait aux d'Orléans, l'autre à un sauveur inconnu[1], un héros qui se révélerait quand tout serait désespéré : un Du Guesclin, une Jeanne d'Arc peut-être ? ou un autre Napoléon I^{er} ? Ah ! si le prince impérial[2] n'était pas si jeune ! Cornudet, les écoutant, souriait en homme qui sait le mot des destinées. Sa pipe embaumait la cuisine.

Comme dix heures sonnaient, M. Follenvie parut. On l'interrogea bien vite ; mais il ne put que répéter deux ou trois fois, sans une variante, ces paroles : « L'officier m'a dit comme ça : "Monsieur Follenvie, vous défendrez qu'on attelle demain la voiture de ces voyageurs. Je ne veux pas qu'ils partent sans mon ordre. Vous entendez. Ça suffit." »

Alors on voulut voir l'officier. Le comte lui envoya sa carte où M. Carré-Lamadon ajouta son nom et tous ses titres. Le Prussien fit répondre qu'il admettrait ces deux hommes à lui parler quand il aurait déjeuné, c'est-à-dire vers une heure.

Les dames reparurent et l'on mangea quelque peu, malgré l'inquiétude. Boule de suif semblait malade et prodigieusement troublée.

On achevait le café quand l'ordonnance vint chercher ces messieurs.

Loiseau se joignit aux deux premiers ; mais comme on essayait d'entraîner Cornudet pour donner plus de solennité à leur démarche, il déclara fièrement qu'il entendait n'avoir jamais aucun rapport avec les Allemands ; et il se remit dans sa cheminée, demandant une autre canette.

Les trois hommes montèrent et furent introduits dans la plus belle chambre de l'auberge, où l'officier les reçut, étendu dans un fauteuil, les pieds sur la cheminée, fumant une longue pipe de porcelaine, et enveloppé par une robe de chambre flamboyante, dérobée sans doute dans la demeure abandonnée de quelque

1. **Sauveur inconnu :** Maupassant pense à Mac-Mahon, dont l'échec est consommé en 1880, et surtout au général Boulanger, qui rassemble alors les mécontents et les « revanchards ».
2. **Prince impérial :** le fils de Napoléon III n'a que 14 ans en 1870.

825 bourgeois de mauvais goût. Il ne se leva pas, ne les salua pas, ne les regarda pas. Il présentait un magnifique échantillon de la goujaterie[1] naturelle au militaire victorieux.

Au bout de quelques instants il dit enfin :

« Qu'est-ce que fous foulez ? »

830 Le comte prit la parole : « Nous désirons partir, monsieur.

– Non.

– Oserai-je vous demander la cause de ce refus ?

– Parce que che ne feux pas.

– Je vous ferai respectueusement observer, monsieur, que votre
835 général en chef nous a délivré une permission de départ pour gagner Dieppe, et je ne pense pas que nous ayons rien fait pour mériter vos rigueurs.

– Che ne feux pas... foilà tout... Fous poufez tescentre. »

S'étant inclinés tous les trois, ils se retirèrent. L'après-midi fut
840 lamentable. On ne comprenait rien à ce caprice d'Allemand, et les idées les plus singulières troublaient les têtes. Tout le monde se tenait dans la cuisine, et l'on discutait sans fin, imaginant des choses invraisemblables. On voulait peut-être les garder comme otages – mais dans quel but ? – ou les emmener prisonniers ? ou,
845 plutôt, leur demander une rançon considérable ? À cette pensée, une panique les affola. Les plus riches étaient les plus épouvantés, se voyant déjà contraints, pour racheter leur vie, de verser des sacs pleins d'or entre les mains de ce soldat insolent. Ils se creusaient la cervelle pour découvrir des mensonges acceptables, dissimuler leurs
850 richesses, se faire passer pour pauvres, très pauvres. Loiseau enleva sa chaîne de montre et la cacha dans sa poche. La nuit qui tombait augmenta les appréhensions. La lampe fut allumée, et, comme on avait encore deux heures avant le dîner, Mme Loiseau proposa une partie de trente-et-un[2]. Ce serait une distraction. On accepta.
855 Cornudet lui-même, ayant éteint sa pipe par politesse, y prit part.

Le comte battit les cartes – donna – Boule de suif avait trente-et-un d'emblée ; et bientôt l'intérêt de la partie apaisa la crainte qui hantait les esprits. Mais Cornudet s'aperçut que le ménage Loiseau s'entendait pour tricher.

1. **Goujaterie :** grossièreté.
2. **Trente-et-un :** jeu de cartes.

860 Comme on allait se mettre à table, M. Follenvie reparut, et, de sa voix graillonnante, il prononça : « L'officier prussien fait demander à Mlle Élisabeth Rousset si elle n'a pas encore changé d'avis. »

Boule de suif resta debout, toute pâle ; puis, devenant subitement cramoisie, elle eut un tel étouffement de colère qu'elle ne
865 pouvait plus parler. Enfin elle éclata : « Vous lui direz à cette crapule, à ce saligaud, à cette charogne de Prussien, que jamais je ne voudrai ; vous entendez bien, jamais, jamais, jamais ! »

Le gros aubergiste sortit. Alors Boule de suif fut entourée, interrogée, sollicitée par tout le monde de dévoiler le mystère de sa
870 visite. Elle résista d'abord ; mais l'exaspération l'emporta bientôt : « Ce qu'il veut ?... ce qu'il veut ?... Il veut coucher avec moi ! » criat-elle. Personne ne se choqua du mot, tant l'indignation fut vive. Cornudet brisa sa chope en la reposant violemment sur la table. C'était une clameur de réprobation contre ce soudard[1] ignoble,
875 un souffle de colère, une union de tous pour la résistance, comme si l'on eût demandé à chacun une partie du sacrifice exigé d'elle. Le comte déclara avec dégoût que ces gens-là se conduisaient à la façon des anciens barbares. Les femmes surtout témoignèrent à Boule de suif une commisération[2] énergique et caressante. Les
880 bonnes sœurs, qui ne se montraient qu'aux repas, avaient baissé la tête et ne disaient rien.

On dîna néanmoins lorsque la première fureur fut apaisée ; mais on parla peu, on songeait.

Les dames se retirèrent de bonne heure, et les hommes, tout en
885 fumant, organisèrent un écarté[3] auquel fut convié M. Follenvie, qu'on avait l'intention d'interroger habilement sur les moyens à employer pour vaincre la résistance de l'officier. Mais il ne songeait qu'à ses cartes, sans rien écouter, sans rien répondre ; et il répétait sans cesse : « Au jeu, Messieurs, au jeu. » Son attention était si
890 tendue qu'il en oubliait de cracher, ce qui lui mettait parfois des points d'orgue dans la poitrine. Ses poumons sifflants donnaient toute la gamme de l'asthme, depuis les notes graves et profondes jusqu'aux enrouements aigus des jeunes coqs essayant de chanter.

1. **Soudard :** soldat grossier et brutal.
2. **Commisération :** compassion, sympathie.
3. **Écarté :** jeu de cartes.

Il refusa même de monter, quand sa femme, qui tombait de som-
895 meil, vint le chercher. Alors elle partit toute seule, car elle était « du
matin », toujours levée avec le soleil, tandis que son homme était
« du soir », toujours prêt à passer la nuit avec des amis. Il lui cria :
« Tu placeras mon lait de poule[1] devant le feu », et se remit à sa
partie. Quand on vit bien qu'on n'en pourrait rien tirer, on déclara
900 qu'il était temps de s'en aller, et chacun gagna son lit.

On se leva encore d'assez bonne heure le lendemain avec un
espoir indéterminé, un désir plus grand de s'en aller, une terreur
du jour à passer dans cette horrible petite auberge.

Hélas ! les chevaux restaient à l'écurie, le cocher demeurait invi-
905 sible. On alla, par désœuvrement, tourner autour de la voiture.

Le déjeuner fut bien triste ; et il s'était produit comme un refroi-
dissement vis-à-vis de Boule de suif, car la nuit, qui porte conseil,
avait un peu modifié les jugements. On en voulait presque à
cette fille, maintenant, de n'avoir pas été trouver secrètement le
910 Prussien, afin de ménager, au réveil, une bonne surprise à ses com-
pagnons. Quoi de plus simple ? Qui l'eût su, d'ailleurs ? Elle aurait
pu sauver les apparences en faisant dire à l'officier qu'elle prenait
en pitié leur détresse. Pour elle, ça avait si peu d'importance !

Mais personne n'avouait encore ces pensées.

915 Dans l'après-midi, comme on s'ennuyait à périr, le comte pro-
posa de faire une promenade aux alentours du village. Chacun
s'enveloppa avec soin et la petite société partit, à l'exception de
Cornudet, qui préférait rester près du feu, et des bonnes sœurs, qui
passaient leurs journées dans l'église ou chez le curé.

920 Le froid, plus intense de jour en jour, piquait cruellement le nez
et les oreilles ; les pieds devenaient si douloureux que chaque pas
était une souffrance, et, lorsque la campagne se découvrit, elle leur
apparut si effroyablement lugubre sous cette blancheur illimitée
que tout le monde aussitôt retourna, l'âme glacée et le cœur serré.

925 Les quatre femmes marchaient devant, les trois hommes sui-
vaient, un peu derrière.

Loiseau, qui comprenait la situation, demanda tout à coup si
cette « garce-là » allait les faire rester longtemps encore dans un
pareil endroit. Le comte, toujours courtois, dit qu'on ne pouvait

1. **Lait de poule :** jaune d'œuf battu dans du lait avec du sucre.

930 exiger d'une femme un sacrifice aussi pénible, et qu'il devait venir
d'elle-même. M. Carré-Lamadon remarqua que, si les Français fai-
saient, comme il en était question, un retour offensif par Dieppe, la
rencontre ne pourrait avoir lieu qu'à Tôtes. Cette réflexion rendit
les deux autres soucieux. « Si l'on se sauvait à pied », dit Loiseau.
935 Le comte haussa les épaules : « Y songez-vous, dans cette neige ?
avec nos femmes ? Et puis nous serions tout de suite poursuivis,
rattrapés en dix minutes, et ramenés prisonniers à la merci des sol-
dats. » C'était vrai : on se tut.

Les dames parlaient toilette ; mais une certaine contrainte sem-
940 blait les désunir.

Tout à coup, au bout de la rue, l'officier parut. Sur la neige qui
fermait l'horizon, il profilait sa grande taille de guêpe en uniforme,
et marchait, les genoux écartés, de ce mouvement particulier aux
militaires qui s'efforcent de ne point maculer leurs bottes soigneu-
945 sement cirées.

Il s'inclina en passant près des dames, et regarda dédaigneusement
les hommes, qui eurent, du reste, la dignité de ne se point découvrir,
bien que Loiseau ébauchât un geste pour retirer sa coiffure.

Boule de suif était devenue rouge jusqu'aux oreilles ; et les trois
950 femmes mariées ressentaient une grande humiliation d'être ainsi
rencontrées par ce soldat, dans la compagnie de cette fille qu'il
avait si cavalièrement traitée.

Alors on parla de lui, de sa tournure, de son visage. Mme Carré-
Lamadon, qui avait connu beaucoup d'officiers et qui les jugeait en
955 connaisseur, trouvait celui-là pas mal du tout ; elle regrettait même
qu'il ne fût pas français, parce qu'il ferait un fort joli hussard[1], dont
toutes les femmes assurément raffoleraient.

Une fois rentrés, on ne sut plus que faire. Des paroles aigres
furent même échangées à propos de choses insignifiantes. Le dîner
960 silencieux dura peu, et chacun monta se coucher, espérant dormir
pour tuer le temps.

On descendit le lendemain avec des visages fatigués et des
cœurs exaspérés. Les femmes parlaient à peine à Boule de suif.

Une cloche tinta. C'était pour un baptême. La grosse fille avait
965 un enfant élevé chez des paysans d'Yvetot. Elle ne le voyait pas

1. **Hussard :** ici, soldat élégant.

une fois l'an, et n'y songeait jamais ; mais la pensée de celui qu'on allait baptiser lui jeta au cœur une tendresse subite et violente pour le sien, et elle voulut absolument assister à la cérémonie.

970 Aussitôt qu'elle fut partie, tout le monde se regarda, puis on rapprocha les chaises, car on sentait bien qu'à la fin il fallait décider quelque chose. Loiseau eut une inspiration : il était d'avis de proposer à l'officier de garder Boule de suif toute seule, et de laisser partir les autres.

M. Follenvie se chargea encore de la commission, mais il redescendit presque aussitôt. L'Allemand, qui connaissait la nature 975 humaine, l'avait mis à la porte. Il prétendait retenir tout le monde tant que son désir ne serait pas satisfait.

Alors le tempérament populacier[1] de Mme Loiseau éclata : « Nous n'allons pourtant pas mourir de vieillesse ici. Puisque c'est son métier, à cette gueuse[2], de faire ça avec tous les hommes, 980 je trouve qu'elle n'a pas le droit de refuser l'un plutôt que l'autre. Je vous demande un peu, ça a pris tout ce qu'elle a trouvé dans Rouen, même des cochers ! oui, madame, le cocher de la préfecture ! Je le sais bien, moi, il achète son vin à la maison. Et aujourd'hui qu'il s'agit de nous tirer d'embarras, elle fait la mijaurée[3], 985 cette morveuse[4] !... Moi, je trouve qu'il se conduit très bien, cet officier. Il est peut-être privé depuis longtemps ; et nous étions là trois qu'il aurait sans doute préférées. Mais non, il se contente de celle à tout le monde. Il respecte les femmes mariées. Songez donc, il est le maître. Il n'avait qu'à dire : "Je veux", et il pouvait nous prendre 990 de force avec ses soldats. »

Les deux femmes eurent un petit frisson. Les yeux de la jolie Mme Carré-Lamadon brillaient, et elle était un peu pâle, comme si elle se sentait déjà prise de force par l'officier.

Les hommes, qui discutaient à l'écart, se rapprochèrent. Loiseau, 995 furibond, voulait livrer « cette misérable » pieds et poings liés à l'ennemi. Mais le comte, issu de trois générations d'ambassadeurs, et doué d'un physique de diplomate, était partisan de l'habileté : « Il faudrait la décider », dit-il.

1. **Populacier :** vulgaire.
2. **Gueuse :** prostituée, femme de mauvaise vie (injurieux).
3. **Mijaurée :** femme qui fait des manières.
4. **Morveuse :** qui se donne des grands airs, fait l'importante.

Alors on conspira.

Les femmes se serrèrent, le ton de la voix fut baissé, et la discussion devint générale, chacun donnant son avis. C'était fort convenable du reste. Ces dames surtout trouvaient des délicatesses de tournures, des subtilités d'expression charmantes, pour dire les choses les plus scabreuses[1]. Un étranger n'aurait rien compris, tant les précautions du langage étaient observées. Mais la légère tranche de pudeur dont est bardée[2] toute femme du monde ne recouvrant que la surface, elles s'épanouissaient dans cette aventure polissonne, s'amusaient follement au fond, se sentant dans leur élément, tripotant de l'amour avec la sensualité d'un cuisinier gourmand qui prépare le souper d'un autre.

La gaieté revenait d'elle-même, tant l'histoire leur semblait drôle à la fin. Le comte trouva des plaisanteries un peu risquées, mais si bien dites qu'elles faisaient sourire. À son tour, Loiseau lâcha quelques grivoiseries plus raides dont on ne se blessa point ; et la pensée brutalement exprimée par sa femme dominait tous les esprits : « Puisque c'est son métier à cette fille, pourquoi refuserait-elle celui-là plus qu'un autre ? » La gentille Mme Carré-Lamadon semblait même penser qu'à sa place elle refuserait celui-là moins qu'un autre.

On prépara longuement le blocus, comme pour une forteresse investie. Chacun convint du rôle qu'il jouerait, des arguments dont il s'appuierait, des manœuvres qu'il devrait exécuter. On régla le plan des attaques, les ruses à employer, et les surprises de l'assaut, pour forcer cette citadelle vivante à recevoir l'ennemi dans la place.

Cornudet cependant restait à l'écart, complètement étranger à cette affaire.

Une attention si profonde tendait les esprits, qu'on n'entendit point rentrer Boule de suif. Mais le comte souffla un léger : « Chut » qui fit relever tous les yeux. Elle était là. On se tut brusquement, et un certain embarras empêcha d'abord de lui parler. La comtesse, plus assouplie que les autres aux duplicités des salons, l'interrogea : « Était-ce amusant, ce baptême ? »

1. **Scabreuses :** indécentes.
2. **Bardée :** image de la barde, fine couche de lard qui recouvre un morceau de viande, pour dire que leur pudeur n'est que superficielle.

La grosse fille, encore émue, raconta tout, et les figures, et les attitudes, et l'aspect même de l'église. Elle ajouta : « C'est si bon de
1035 prier quelquefois. »

Cependant, jusqu'au déjeuner, ces dames se contentèrent d'être aimables avec elle, pour augmenter sa confiance et sa docilité à leurs conseils.

Aussitôt à table, on commença les approches. Ce fut d'abord
1040 une conversation vague sur le dévouement. On cita des exemples anciens : Judith[1] et Holopherne, puis, sans aucune raison, Lucrèce[2] avec Sextus, Cléopâtre faisant passer par sa couche tous les généraux ennemis, et les y réduisant à des servilités d'esclave. Alors se déroula une histoire fantaisiste, éclose dans l'imagination de ces
1045 millionnaires ignorants, où les citoyennes de Rome allaient endormir, à Capoue, Annibal[3] entre leurs bras, et avec lui, ses lieutenants, et les phalanges des mercenaires. On cita toutes les femmes qui ont arrêté des conquérants, fait de leur corps un champ de bataille, un moyen de dominer, une arme, qui ont vaincu par leurs
1050 caresses héroïques des êtres hideux ou détestés, et sacrifié leur chasteté à la vengeance et au dévouement.

On parla même en termes voilés de cette Anglaise de grande famille qui s'était laissé inoculer une horrible et contagieuse maladie pour la transmettre à Bonaparte, sauvé miraculeusement par
1055 une faiblesse subite, à l'heure du rendez-vous fatal.

Et tout cela était raconté d'une façon convenable et modérée, où parfois éclatait un enthousiasme voulu propre à exciter l'émulation.

On aurait pu croire, à la fin, que le seul rôle de la femme ici-bas
1060 était un perpétuel sacrifice de sa personne, un abandon continu aux caprices des soldatesques[4].

Les deux bonnes sœurs ne semblaient point entendre, perdues en des pensées profondes. Boule de suif ne disait rien.

1. **Judith :** héroïne biblique qui séduisit Holopherne, le vainqueur de sa ville, et le tua.
2. **Lucrèce :** femme romaine violée par Sextus Tarquin, elle se suicida (509 av. J.-C.).
3. **Annibal** (ou **Hannibal**) **:** vainqueur de la ville de Capoue en 215 av. J.-C., il la perdit quatre ans plus tard parce que, dit-on, il s'était laissé endormir par les plaisirs.
4. **Soldatesque :** troupe de soldats indisciplinée.

Pendant toute l'après-midi, on la laissa réfléchir. Mais, au lieu
de l'appeler « madame », comme on avait fait jusque-là, on lui
disait simplement « mademoiselle », sans que personne sût bien
pourquoi, comme si l'on avait voulu la faire descendre d'un degré
dans l'estime qu'elle avait escaladée, lui faire sentir sa situation
honteuse.

Au moment où l'on servit le potage, M. Follenvie reparut, répé-
tant sa phrase de la veille : « L'officier prussien fait demander à
Mlle Élisabeth Rousset si elle n'a point encore changé d'avis. »

Boule de suif répondit sèchement : « Non, monsieur. »

Mais au dîner la coalition faiblit. Loiseau eut trois phrases
malheureuses. Chacun se battait les flancs pour découvrir des
exemples nouveaux et ne trouvait rien, quand la comtesse sans
préméditation peut-être, éprouvant un vague besoin de rendre
hommage à la Religion, interrogea la plus âgée des bonnes sœurs
sur les grands faits de la vie des saints. Or, beaucoup avaient com-
mis des actes qui seraient des crimes à nos yeux ; mais l'Église
absout sans peine ces forfaits quand ils sont accomplis pour la
gloire de Dieu, ou pour le bien du prochain. C'était un argument
puissant ; la comtesse en profita. Alors, soit par une de ces ententes
tacites, de ces complaisances voilées, où excelle quiconque porte
un habit ecclésiastique, soit simplement par l'effet d'une inintel-
ligence heureuse, d'une secourable bêtise, la vieille religieuse
apporta à la conspiration un formidable appui. On la croyait
timide, elle se montra hardie, verbeuse, violente. Celle-là n'était
pas troublée par les tâtonnements de la casuistique[1] ; sa doctrine
semblait une barre de fer ; sa foi n'hésitait jamais ; sa conscience
n'avait point de scrupules. Elle trouvait tout simple le sacrifice
d'Abraham[2], car elle aurait immédiatement tué père et mère sur
un ordre venu d'en haut ; et rien, à son avis, ne pouvait déplaire
au Seigneur quand l'intention était louable. La comtesse, mettant
à profit l'autorité sacrée de sa complice inattendue, lui fit faire
comme une paraphrase édifiante de cet axiome de morale : « La fin
justifie les moyens. »

1. **Casuistique :** partie de la théologie appliquée à la morale, aux cas de conscience.
2. **Abraham :** selon la Bible, le patriarche était près de sacrifier son fils pour obéir à
Dieu, quand « l'ange de Yahvé » écarta son couteau.

Elle l'interrogeait :

« Alors, ma sœur, vous pensez que Dieu accepte toutes les voies,
1100 et pardonne le fait quand le motif est pur ?

– Qui pourrait en douter, madame ? Une action blâmable en soi
devient souvent méritoire par la pensée qui l'inspire. »

Et elles continuaient ainsi, démêlant les volontés de Dieu, pré-
voyant ses décisions, le faisant s'intéresser à des choses qui, vrai-
1105 ment, ne le regardaient guère.

Tout cela était enveloppé, habile, discret. Mais chaque parole de
la sainte fille en cornette[1] faisait brèche dans la résistance indignée
de la courtisane. Puis, la conversation se détournant un peu, la
femme aux chapelets pendants parla des maisons de son ordre,
1110 de sa supérieure, d'elle-même, et de sa mignonne voisine, la chère
sœur Saint-Nicéphore. On les avait demandées au Havre pour soi-
gner dans les hôpitaux des centaines de soldats atteints de la petite
vérole. Elle les dépeignit, ces misérables, détailla leur maladie.
Et tandis qu'elles étaient arrêtées en route par les caprices de ce
1115 Prussien, un grand nombre de Français pouvaient mourir qu'elles
auraient sauvés peut-être ! C'était sa spécialité, à elle, de soigner
les militaires ; elle avait été en Crimée, en Italie, en Autriche, et,
racontant ses campagnes, elle se révéla tout à coup une de ces reli-
gieuses à tambours et à trompettes qui semblent faites pour suivre
1120 les camps, ramasser des blessés dans les remous des batailles, et,
mieux qu'un chef, dompter d'un mot les grands soudards indisci-
plinés ; une vraie bonne sœur Ran-tan-plan, dont la figure ravagée,
crevée de trous sans nombre, paraissait une image des dévasta-
tions de la guerre.

1125 Personne ne dit rien après elle, tant l'effet semblait excellent.

Aussitôt le repas terminé, on remonta bien vite dans les
chambres pour ne descendre, le lendemain, qu'assez tard dans la
matinée.

Le déjeuner fut tranquille. On donnait à la graine semée la veille
1130 le temps de germer et de pousser ses fruits.

La comtesse proposa de faire une promenade dans l'après-midi ;
alors le comte, comme il était convenu, prit le bras de Boule de
suif, et demeura derrière les autres, avec elle.

1. **En cornette :** coiffure faisant partie de l'habit des religieuses.

Il lui parla de ce ton familier, paternel, un peu dédaigneux, que les hommes posés emploient avec les filles[1], l'appelant : « ma chère enfant », la traitant du haut de sa position sociale, de son honorabilité indiscutée. Il pénétra tout de suite au vif de la question :

« Donc, vous préférez nous laisser ici, exposés comme vous-même à toutes les violences qui suivraient un échec des troupes prussiennes, plutôt que de consentir à une de ces complaisances que vous avez eues si souvent en votre vie ? »

Boule de suif ne répondit rien.

Il la prit par la douceur, par le raisonnement, par les sentiments. Il sut rester « monsieur le comte », tout en se montrant galant quand il le fallut, complimenteur, aimable enfin. Il exalta le service qu'elle leur rendrait, parla de leur reconnaissance ; puis soudain, la tutoyant gaiement : « Et tu sais, ma chère, il pourrait se vanter d'avoir goûté d'une jolie fille comme il n'en trouvera pas beaucoup dans son pays. »

Boule de suif ne répondit pas et rejoignit la société.

Aussitôt rentrée, elle monta chez elle et ne reparut plus. L'inquiétude était extrême. Qu'allait-elle faire ? Si elle résistait, quel embarras !

L'heure du dîner sonna ; on l'attendit en vain. M. Follenvie, entrant alors, annonça que Mlle Rousset se sentait indisposée, et qu'on pouvait se mettre à table. Tout le monde dressa l'oreille. Le comte s'approcha de l'aubergiste, et, tout bas : « Ça y est ? – Oui. » Par convenance. il ne dit rien à ses compagnons, mais il leur fit seulement un léger signe de la tête. Aussitôt un grand soupir de soulagement sortit de toutes les poitrines, une allégresse parut sur les visages. Loiseau cria : « Saperlipopette ! je paye du champagne si l'on en trouve dans l'établissement » ; et Mme Loiseau eut une angoisse lorsque le patron revint avec quatre bouteilles aux mains. Chacun était devenu subitement communicatif et bruyant ; une joie égrillarde[2] emplissait les cœurs. Le comte parut s'apercevoir que Mme Carré-Lamadon était charmante, le manufacturier fit des compliments à la comtesse. La conversation fut vive, enjouée, pleine de traits.

1. **Les filles :** femmes sans statut social défini, ici prostituées.
2. **Égrillarde :** grivoise, libertine.

Clefs d'analyse

Action et personnages

1. À quel moment comprend-on la cause du refus d'atteler ? Quelle est la réaction des personnages à cette nouvelle ?

2. Sur combien de jours se déroule cet épisode ?

3. Dans quel ordre interviennent les personnages pour faire plier Boule de suif ?

4. Comment l'attitude des bourgeois et des religieuses évolue-t-elle envers Boule de suif ? Relevez les termes péjoratifs puis injurieux qu'ils emploient à son endroit.

5. En quoi le discours de Mme Loiseau (l. 978-990) justifie-t-il le terme « populacier » employé par Maupassant ?

6. Pourquoi le comte intervient-il en dernier ? Qu'utilise-t-il pour l'influencer ? Comment son langage témoigne-t-il de son mépris ?

Langue

7. Repérez les dialogues rapportés au discours direct. Contiennent-ils des verbes introducteurs ? Quel effet produit cette présentation ?

8. Identifiez le procédé employé par Maupassant de « On en voulait » (l. 908) jusqu'à « si peu d'importance ! » (l. 913).

9. Réécrivez le discours de Mme Loiseau (l. 978-990) en employant le discours indirect et le discours narrativisé. Observez les changements de sens.

10. Identifiez la figure de style : « On donnait à la graine semée la veille le temps de germer et de pousser des fruits. » (l. 1129-1130). Quel en est le sens ? Quelle métaphore filée court dans les pages qui précèdent ? Interprétez-la.

Genre ou thèmes

11. « Il la prit par la douceur, par le raisonnement, par les sentiments. » (l. 1144). Ces trois termes désignent des stratégies argumentatives ; lesquelles ? Que signifie « convaincre » ?

12. Relevez dans ce passage et dans les pages qui précèdent deux exemples de chacune de ces stratégies – la politesse, l'argumentation logique, la persuasion affective.

Écriture

13. « Boule de suif ne répondit rien. » (l. 1143). Maupassant souligne là l'importance du fossé social entre les personnages. Imaginez que Boule de suif ose répondre à son interlocuteur. Vous alternerez les formes de discours rapporté.

14. Imaginez le discours que Cornudet pourrait tenir pour prendre la défense de Boule de suif (vous pouvez vous inspirer du thème « la prostituée » page 144).

Pour aller plus loin

15. Exposé sur les clivages sociaux de l'époque, ou plus spécifiquement sur « les filles » : bonne société et prostitution à l'époque de Maupassant.

16. Plus loin dans le texte, Cornudet juge ce qui a lieu ici : « vous venez de faire une infamie » (l. 1213). Cherchez ce mot dans un dictionnaire et expliquez le point de vue de Cornudet.

❋ À retenir

Les dialogues entre les personnages révèlent, autant que leurs idées, les rapports de force qui existent entre eux. La parole peut devenir une arme pour manipuler l'autre : c'est tout l'art de la persuasion. L'écrivain, en rapportant ces dialogues, dénonce la manipulation tout en restant à l'extérieur de la scène.

Clefs d'analyse

Tout à coup, Loiseau, la face anxieuse et levant les bras, hurla :
1170 « Silence ! » Tout le monde se tut, surpris, presque effrayé déjà.
Alors il tendit l'oreille en faisant « Chut ! » des deux mains, leva les
yeux vers le plafond, écouta de nouveau, et reprit, de sa voix natu-
relle : « Rassurez-vous, tout va bien. »
On hésitait à comprendre, mais bientôt un sourire passa.
1175 Au bout d'un quart d'heure il recommença la même farce, la
renouvela souvent dans la soirée ; et il faisait semblant d'inter-
peller quelqu'un à l'étage au-dessus, en lui donnant des conseils
à double sens puisés dans son esprit de commis voyageur. Par
moments il prenait un air triste pour soupirer : « Pauvre fille ! »
1180 ou bien il murmurait entre ses dents d'un air rageur : « Gueux
de Prussien, va ! » Quelquefois, au moment où l'on n'y songeait
plus, il poussait, d'une voix vibrante, plusieurs : « Assez ! assez ! »
et ajoutait, comme se parlant à lui-même : « Pourvu que nous la
revoyions ; qu'il ne l'en fasse pas mourir, le misérable ! »
1185 Bien que ces plaisanteries fussent d'un goût déplorable, elles
amusaient et ne blessaient personne, car l'indignation dépend des
milieux comme le reste, et l'atmosphère qui s'était peu à peu créée
autour d'eux était chargée de pensées grivoises.
Au dessert, les femmes elles-mêmes firent des allusions spiri-
1190 tuelles et discrètes. Les regards luisaient ; on avait bu beaucoup.
Le comte, qui conservait, même en ses écarts, sa grande apparence
de gravité, trouva une comparaison fort goûtée sur la fin des hiver-
nages au pôle et la joie des naufragés qui voient s'ouvrir une route
vers le sud.
1195 Loiseau, lancé, se leva, un verre de champagne à la main : « Je
bois à notre délivrance ! » Tout le monde fut debout : on l'accla-
mait. Les deux bonnes sœurs, elles-mêmes, sollicitées par ces
dames, consentirent à tremper leurs lèvres dans ce vin mousseux
dont elles n'avaient jamais goûté. Elles déclarèrent que cela ressem-
1200 blait à la limonade gazeuse, mais que c'était plus fin cependant.
Loiseau résuma la situation.
« C'est malheureux de ne pas avoir de piano parce qu'on pourrait
pincer un quadrille[1]. »

1. **Quadrille :** danse du XVIIIe siècle en vogue en 1870.

Cornudet n'avait pas dit un mot, pas fait un geste ; il paraissait
même plongé dans des pensées très graves, et tirait parfois, d'un
geste furieux, sa grande barbe qu'il semblait vouloir allonger
encore. Enfin, vers minuit, comme on allait se séparer, Loiseau
qui titubait, lui tapa soudain sur le ventre et lui dit en bre-
douillant : « Vous n'êtes pas farce[1], vous, ce soir ; vous ne dites
rien, citoyen ? » Mais Cornudet releva brusquement la tête, et,
parcourant la société d'un regard luisant et terrible : « Je vous dis
à tous que vous venez de faire une infamie[2] ! » Il se leva, gagna la
porte, répéta encore une fois : « Une infamie ! » et disparut.

Cela jeta un froid d'abord. Loiseau, interloqué, restait bête ;
mais il reprit son aplomb, puis, tout à coup, se tordit en répétant :
« Ils sont trop verts[3] mon vieux, ils sont trop verts. » Comme on
ne comprenait pas, il raconta les « mystères du corridor ». Alors
il y eut une reprise de gaieté formidable. Ces dames s'amusaient
comme des folles. Le comte et M. Carré-Lamadon pleuraient à
force de rire. Ils ne pouvaient croire.

« Comment ! vous êtes sûr ? Il voulait...

– Je vous dis que je l'ai vu.

– Et, elle a refusé...

– Parce que le Prussien était dans la chambre à côté.

– Pas possible ?

– Je vous le jure. »

Le comte étouffait. L'industriel se comprimait le ventre à deux
mains. Loiseau continuait :

« Et, vous comprenez, ce soir, il ne la trouve pas drôle, mais pas du tout. »
Et tous les trois repartaient, malades, essoufflés, toussant.

On se sépara là-dessus. Mais Mme Loiseau, qui était de la nature
des orties, fit remarquer à son mari, au moment où ils se cou-
chaient, que « cette chipie » de petite Carré-Lamadon avait ri jaune
toute la soirée : « Tu sais, les femmes, quand ça en tient pour l'uni-
forme, qu'il soit français ou bien prussien, ça leur est, ma foi, bien
égal. Si ce n'est pas une pitié, Seigneur Dieu ! »

1. **Farce :** drôle.
2. **Infamie :** bassesse, acte ignoble et honteux.
3. **Ils sont trop verts :** locution sous-entendant que Cornudet est jaloux (on dit d'un fruit
 qu'« il est trop vert » quand on n'a pas pu l'obtenir et qu'on veut ainsi le dévaluer).

Et toute la nuit, dans l'obscurité du corridor coururent comme des frémissements, des bruits légers, à peine sensibles, pareils à des souffles, des effleurements de pieds nus, d'imperceptibles craque-ments. Et l'on ne dormit que très tard, assurément, car des filets de lumière glissèrent longtemps sous les portes. Le champagne a de ces effets-là ; il trouble, dit-on, le sommeil.

Le lendemain, un clair soleil d'hiver rendait la neige éblouis-sante. La diligence, attelée enfin, attendait devant la porte, tandis qu'une armée de pigeons blancs, rengorgés dans leurs plumes épaisses, avec un œil rose, taché, au milieu, d'un point noir, se promenaient gravement entre les jambes des six chevaux, et cher-chaient leur vie dans le crottin fumant qu'ils éparpillaient.

Le cocher, enveloppé dans sa peau de mouton, grillait une pipe sur le siège, et tous les voyageurs radieux faisaient rapidement empaqueter des provisions pour le reste du voyage.

On n'attendait plus que Boule de suif. Elle parut.

Elle semblait un peu troublée, honteuse, et elle s'avança timide-ment vers ses compagnons, qui, tous, d'un même mouvement, se détournèrent comme s'ils ne l'avaient pas aperçue. Le comte prit avec dignité le bras de sa femme et l'éloigna de ce contact impur.

La grosse fille s'arrêta, stupéfaite ; alors, ramassant tout son courage, elle aborda la femme du manufacturier d'un « bonjour, madame » humblement murmuré. L'autre fit de la tête seule un petit salut impertinent qu'elle accompagna d'un regard de vertu outragée. Tout le monde semblait affairé, et l'on se tenait loin d'elle comme si elle eût apporté une infection dans ses jupes. Puis on se précipita vers la voiture où elle arriva seule, la dernière, et reprit en silence la place qu'elle avait occupée pendant la première partie de la route.

On semblait ne pas la voir, ne pas la connaître ; mais Mme Loiseau, la considérant de loin avec indignation, dit à mi-voix à son mari : « Heureusement que je ne suis pas à côté d'elle. »

La lourde voiture s'ébranla, et le voyage recommença.

On ne parla point d'abord. Boule de suif n'osait pas lever les yeux. Elle se sentait en même temps indignée contre tous ses voi-sins, et humiliée d'avoir cédé, souillée par les baisers de ce Prussien entre les bras duquel on l'avait hypocritement jetée.

Mais la comtesse, se tournant vers Mme Carré-Lamadon, rompit bientôt ce pénible silence.

Elle s'avança timidement vers ses compagnons, qui, tous, d'un même mouvement, se détournèrent comme s'ils ne l'avaient pas aperçue.

Illustration de François Thévenot pour *Boule de suif*, gravure sur bois d'A. Romagnol, édition de 1897, Bibliothèque nationale de France, Paris.

1275 « Vous connaissez, je crois, Mme d'Étrelles ?

– Oui, c'est une de mes amies.

– Quelle charmante femme !

– Ravissante ! Une vraie nature d'élite, fort instruite d'ailleurs, et artiste jusqu'au bout des doigts : elle chante à ravir et dessine dans

1280 la perfection. »

Le manufacturier causait avec le comte, et au milieu du fracas des vitres un mot parfois jaillissait : « Coupon – échéance – prime – à terme. »

Loiseau, qui avait chipé le vieux jeu de cartes de l'auberge,

1285 engraissé par cinq ans de frottement sur les tables mal essuyées, attaqua un bésigue[1] avec sa femme.

Les bonnes sœurs prirent à leur ceinture le long rosaire qui pendait, firent ensemble le signe de la croix, et tout à coup leurs lèvres se mirent à remuer vivement, se hâtant de plus en plus, précipitant

1290 leur vague murmure comme pour une course d'*oremus*[2] ; et de temps en temps elles baisaient une médaille, se signaient de nouveau, puis recommençaient leur marmottement rapide et continu.

Cornudet songeait, immobile.

Au bout de trois heures de route, Loiseau ramassa ses cartes : « Il

1295 fait faim », dit-il.

Alors sa femme atteignit un paquet ficelé d'où elle fit sortir un morceau de veau froid. Elle le découpa proprement par tranches minces et fermes, et tous deux se mirent à manger.

« Si nous en faisions autant », dit la comtesse. On y consentit

1300 et elle déballa les provisions préparées pour les deux ménages. C'était, dans un de ces vases allongés dont le couvercle porte un lièvre en faïence, pour indiquer qu'un lièvre en pâté gît au-dessous, une charcuterie succulente, où de blanches rivières de lard traversaient la chair brune du gibier, mêlée à d'autres viandes hachées

1305 fin. Un beau carré de gruyère, apporté dans un journal, gardait imprimé : « faits divers » sur sa pâte onctueuse.

Les deux bonnes sœurs développèrent un rond de saucisson qui sentait l'ail ; et Cornudet, plongeant les deux mains en même temps dans les vastes poches de son paletot sac, tira de l'une quatre œufs

1. **Bésigue :** jeu de carte.

2. *Oremus :* nom latin d'une prière (signifie « prions »).

1310 durs et de l'autre le croûton d'un pain. Il détacha la coque, la jeta sous ses pieds dans la paille et se mit à mordre à même les œufs, faisant tomber sur sa vaste barbe des parcelles de jaune clair qui semblaient, là-dedans, des étoiles.

Boule de suif, dans la hâte et l'effarement de son lever, n'avait pu
1315 songer à rien ; et elle regardait, exaspérée, suffoquant de rage, tous ces gens qui mangeaient placidement. Une colère tumultueuse la crispa d'abord, et elle ouvrit la bouche pour leur crier leur fait avec un flot d'injures qui lui montait aux lèvres ; mais elle ne pouvait pas parler tant l'exaspération l'étranglait.

1320 Personne ne la regardait, ne songeait à elle. Elle se sentait noyée dans le mépris de ces gredins honnêtes qui l'avaient sacrifiée d'abord, rejetée ensuite, comme une chose malpropre et inutile. Alors elle songea à son grand panier tout plein de bonnes choses qu'ils avaient goulûment dévorées, à ses deux poulets luisants de
1325 gelée, à ses pâtés, à ses poires, à ses quatre bouteilles de bordeaux ; et sa fureur tombant soudain, comme une corde trop tendue qui casse, elle se sentit prête à pleurer. Elle fit des efforts terribles, se raidit, avala ses sanglots comme les enfants ; mais les pleurs montaient, luisaient au bord de ses paupières, et bientôt deux grosses
1330 larmes, se détachant des yeux, roulèrent lentement sur ses joues. D'autres les suivirent plus rapides coulant comme les gouttes d'eau qui filtrent d'une roche, et tombant régulièrement sur la courbe rebondie de sa poitrine. Elle restait droite, le regard fixe, la face rigide et pâle, espérant qu'on ne la verrait pas.

1335 Mais la comtesse s'en aperçut et prévint son mari d'un signe. Il haussa les épaules comme pour dire : « Que voulez-vous ? ce n'est pas ma faute. » Mme Loiseau eut un rire muet de triomphe, et murmura : « Elle pleure sa honte. »

Les deux bonnes sœurs s'étaient remises à prier, après avoir
1340 roulé dans un papier le reste de leur saucisson.

Alors Cornudet, qui digérait ses œufs, étendit ses longues jambes sous la banquette d'en face, se renversa, croisa ses bras, sourit comme un homme qui vient de trouver une bonne farce, et se mit à siffloter *La Marseillaise*[1].

1. **La Marseillaise :** ce chant, composé en 1792, comportait à l'époque une charge de provocation révolutionnaire.

Boule de suif

1345 Toutes les figures se rembrunirent. Le chant populaire, assuré-
ment, ne plaisait point à ses voisins. Ils devinrent nerveux, agacés,
et avaient l'air prêts à hurler comme des chiens qui entendent un
orgue de barbarie.

 Il s'en aperçut, ne s'arrêta plus. Parfois même il fredonnait les
1350 paroles :

> *Amour sacré de la patrie,*
> *Conduis, soutiens, nos bras vengeurs,*
> *Liberté, liberté chérie,*
> *Combats avec tes défenseurs !*

1355 On fuyait plus vite, la neige étant plus dure ; et jusqu'à Dieppe,
pendant les longues heures mornes du voyage, à travers les cahots
du chemin, par la nuit tombante, puis dans l'obscurité profonde de
la voiture, il continua, avec une obstination féroce, son sifflement
vengeur et monotone, contraignant les esprits las et exaspérés à
1360 suivre le chant d'un bout à l'autre, à se rappeler chaque parole
qu'ils appliquaient sur chaque mesure.

 Et Boule de suif pleurait toujours ; et parfois un sanglot, qu'elle
n'avait pu retenir, passait, entre deux couplets, dans les ténèbres.

Clefs d'analyse

Action et personnages

1. Il s'agit du dénouement de la nouvelle : quelle est la situation finale ?

2. Reprenez le début de la nouvelle : quels échos trouvez-vous entre les deux passages ?

3. Selon quel point de vue est écrit ce passage ? Relevez des indices justificatifs.

4. Boule de suif s'attend-elle à l'accueil qu'on lui réserve ? Expliquez pourquoi.

5. Relevez, dans l'ordre du texte, les éléments psychologiques concernant Boule de suif, et cherchez un terme général pour caractériser ce qu'elle éprouve durant tout ce passage.

6. Quelle morale cache le dernier paragraphe ?

Langue

7. De « Le lendemain » (l. 1243) à « recommença » (l. 1268), repérez les temps verbaux et justifiez leur emploi.

8. Relevez le champ lexical des larmes et analysez-le.

9. Quelles nouvelles images caractérisent ici Boule de suif ? Quel est leur intérêt ?

Genre ou thèmes

10. Des lignes 1294 à 1313, analysez le repas des voyageurs : composition des mets, partage des victuailles, etc. Quels aspects vous frappent ?

11. Comparez les mets du panier de Boule de suif aux provisions apportées ici par les autres voyageurs : quel effet veut créer Maupassant ?

12. Pourquoi le souvenir de son « panier tout plein de bonnes choses » fait-il pleurer Boule de suif ?

13. Comment Maupassant valorise-t-il son héroïne ?

14. Pourquoi Cornudet fredonne-t-il ce couplet précisément ?

Écriture

15. Imaginez la lettre d'une lectrice à Maupassant après la lecture de cette nouvelle ; vous êtes libres de son origine sociale, de son point de vue, de son style.

16. Vous avez peut-être été témoin d'une scène d'humiliation comparable : racontez.

17. Imaginez une autre fin à cette nouvelle. Boule de suif laisse parler sa « colère tumultueuse » : imaginez son discours, en respectant les traits psychologiques du personnage et en évitant toute vulgarité.

Pour aller plus loin

18. Regardez la scène finale du film de Christian-Jaque et comparez les effets produits.

19. L'histoire prend sa source dans une cohabitation forcée, liée à un mode de transport collectif : faites une recherche concernant les autres moyens de transport existant à l'époque.

Clefs d'analyse

> ## ✳ À retenir
>
> Le dénouement constitue la dernière séquence narrative d'un récit. Il met un terme au « nœud » de l'intrigue : ici, une prostituée pouvait-elle obtenir de la considération de la part de ses compagnons ? Lorsque la fin d'un récit est laissée en suspens, on parlera plutôt de fin ouverte ; si elle est inattendue, on parlera alors de chute.
> La nouvelle s'ouvre et se ferme sur un repas : repas offert, puis repas refusé. Partage, puis exclusion. Les passagers ont « dévoré » Boule de suif comme ils ont dévoré ses victuailles ! Loiseau n'avait-il pas proposé de « manger le plus gras des voyageurs » ?

MADEMOISELLE FIFI

LE MAJOR, commandant prussien, comte de Farlsberg[1], achevait de lire son courrier, le dos au fond d'un grand fauteuil de tapisserie et ses pieds bottés sur le marbre élégant de la cheminée, où ses éperons, depuis trois mois qu'ils occupaient le château d'Uville, avaient 5 tracé deux trous profonds, fouillés un peu plus tous les jours.

Une tasse de café fumait sur un guéridon de marqueterie[2] maculé par les liqueurs, brûlé par les cigares, entaillé par le canif de l'officier conquérant qui, parfois, s'arrêtant d'aiguiser un crayon, traçait sur le meuble gracieux des chiffres ou des dessins, à la fan-10 taisie de son rêve nonchalant.

Quand il eut achevé ses lettres et parcouru les journaux allemands que son vaguemestre[3] venait de lui apporter, il se leva, et, après avoir jeté au feu trois ou quatre énormes morceaux de bois vert, car ces messieurs abattaient peu à peu le parc pour se chauffer, 15 il s'approcha de la fenêtre.

La pluie tombait à flots, une pluie normande qu'on aurait dit jetée par une main furieuse, une pluie en biais, épaisse comme un rideau, formant une sorte de mur à raies obliques, une pluie cinglante, éclaboussante, noyant tout, une vraie pluie des environs de 20 Rouen, ce pot de chambre de la France.

L'officier regarda longtemps les pelouses inondées, et, là-bas, l'Andelle[4] gonflée qui débordait ; et il tambourinait contre la vitre une valse du Rhin, quand un bruit le fit se retourner : c'était son second, le baron de Kelweingstein, ayant le grade équivalent à 25 celui de capitaine.

Le major était un géant, large d'épaules, orné d'une longue barbe en éventail formant nappe sur sa poitrine ; et toute sa grande personne

1. **Farlsberg :** nom fictif, à consonance germanique.
2. **Marqueterie :** décoration constituée de morceaux de bois précieux, de nacre, d'ivoire ou d'écaille, incrustés ou plaqués sur un meuble.
3. **Vaguemestre :** sous-officier chargé de la poste.
4. **Andelle :** rivière normande qui se jette dans la Seine au sud-est de Rouen.

solennelle éveillait l'idée d'un paon militaire, un paon qui aurait porté sa queue déployée à son menton. Il avait des yeux bleus, froids et
30 doux, une joue fendue d'un coup de sabre dans la guerre d'Autriche[1] ; et on le disait brave homme autant que brave officier.

Le capitaine, un petit rougeaud à gros ventre, sanglé de force, portait presque ras son poil ardent, dont les fils de feu auraient fait croire, quand ils se trouvaient sous certains reflets, sa figure frottée de phosphore.
35 Deux dents perdues dans une nuit de noce, sans qu'il se rappelât au juste comment, lui faisaient cracher des paroles épaisses, qu'on n'entendait pas toujours ; et il était chauve du sommet du crâne seulement, tonsuré comme un moine, avec une toison de petits cheveux frisés, dorés et luisants, autour de ce cerceau de chair nue.
40 Le commandant lui serra la main, et il avala d'un trait sa tasse de café (la sixième depuis le matin), en écoutant le rapport de son subordonné sur les incidents survenus dans le service ; puis tous deux se rapprochèrent de la fenêtre en déclarant que ce n'était pas gai. Le major, homme tranquille, marié chez lui, s'accommodait de
45 tout ; mais le baron capitaine, viveur tenace, coureur de bouges[2], forcené trousseur de filles, rageait d'être enfermé depuis trois mois dans la chasteté obligatoire de ce poste perdu.

Comme on grattait à la porte, le commandant cria d'ouvrir, et un homme, un de leurs soldats automates, apparut dans l'ouverture,
50 disant par sa seule présence que le déjeuner était prêt.

Dans la salle ils trouvèrent les trois officiers de moindre grade : un lieutenant, Otto de Grossling ; deux sous-lieutenants, Fritz Scheunaubourg et le marquis Wilhem d'Eyrik, un tout petit blondin fier et brutal avec les hommes, dur aux vaincus, et violent
55 comme une arme à feu.

Depuis son entrée en France, ses camarades ne l'appelaient plus que Mademoiselle Fifi. Ce surnom lui venait de sa tournure coquette, de sa taille fine qu'on aurait dit tenue en un corset, de sa figure pâle où sa naissante moustache apparaissait à peine, et aussi
60 de l'habitude qu'il avait prise, pour exprimer son souverain mépris des êtres et des choses, d'employer à tout moment la locution française – *fi, fi donc,* qu'il prononçait avec un léger sifflement.

1. **Guerre d'Autriche :** la Prusse vainquit l'Autriche le 3 juillet 1866 à Sadowa.
2. **Bouges :** cafés de mauvaise réputation.

La salle à manger du château d'Uville était une longue et royale pièce dont les glaces de cristal ancien, étoilées de balles, et les hautes tapisseries des Flandres, tailladées à coups de sabre et pendantes par endroits, disaient les occupations de Mlle Fifi en ses heures de désœuvrement.

Sur les murs, trois portraits de famille, un guerrier vêtu de fer, un cardinal et un président, fumaient de longues pipes de porcelaine, tandis qu'en son cadre dédoré par les ans, une noble dame à poitrine serrée montrait d'un air arrogant une énorme paire de moustaches faites au charbon.

Et le déjeuner des officiers s'écoula presque en silence dans cette pièce mutilée, assombrie par l'averse, attristante par son aspect vaincu, et dont le vieux parquet de chêne était devenu sordide comme un sol de cabaret.

À l'heure du tabac, quand ils commencèrent à boire, ayant fini de manger, ils se mirent, de même que chaque jour, à parler de leur ennui. Les bouteilles de cognac et de liqueurs passaient de main en main ; et tous, renversés sur leurs chaises, absorbaient à petits coups répétés, en gardant au coin de la bouche le long tuyau courbé que terminait l'œuf de faïence, toujours peinturluré comme pour séduire des Hottentots[1].

Dès que leur verre était vide, ils le remplissaient avec un geste de lassitude résignée. Mais Mlle Fifi cassait à tout moment le sien, et un soldat immédiatement lui en présentait un autre.

Un brouillard de fumée âcre les noyait, et ils semblaient s'enfoncer dans une ivresse endormie et triste, dans cette saoulerie morne des gens qui n'ont rien à faire.

Mais le baron, soudain, se redressa. Une révolte le secouait ; il jura : « Nom de Dieu, ça ne peut pas durer, il faut inventer quelque chose à la fin. »

Ensemble le lieutenant Otto et le sous-lieutenant Fritz, deux Allemands doués éminemment de physionomies allemandes lourdes et graves, répondirent : « Quoi, mon capitaine ? »

Il réfléchit quelques secondes, puis reprit : « Quoi ? Eh bien, il faut organiser une fête, si le commandant le permet. »

Le major quitta sa pipe : « Quelle fête, capitaine ? »

1. **Hottentots** : peuple nomade du Cap (Afrique du Sud).

Le baron s'approcha : « Je me charge de tout, mon commandant.
100 J'enverrai à Rouen *Le Devoir* qui nous ramènera des dames ; je
sais où les prendre. On préparera ici un souper ; rien ne manque
d'ailleurs, et, au moins, nous passerons une bonne soirée. »

Le comte de Farlsberg haussa les épaules en souriant : « Vous
êtes fou, mon ami. »

105 Mais tous les officiers s'étaient levés, entouraient leur chef, le sup-
pliaient : « Laissez faire le capitaine, mon commandant, c'est si triste ici. »

À la fin le major céda : « Soit », dit-il ; et aussitôt le baron fit
appeler *Le Devoir*. C'était un vieux sous-officier qu'on n'avait
jamais vu rire, mais qui accomplissait fanatiquement tous les
110 ordres de ses chefs, quels qu'ils fussent.

Debout, avec sa figure impassible, il reçut les instructions du
baron ; puis il sortit ; et, cinq minutes plus tard, une grande voi-
ture du train militaire, couverte d'une bâche de meunier tendue en
dôme, détalait sous la pluie acharnée, au galop de quatre chevaux.

115 Aussitôt un frisson de réveil sembla courir dans les esprits ; les poses
alanguies se redressèrent, les visages s'animèrent et on se mit à causer.

Bien que l'averse continuât avec autant de furie, le major
affirma qu'il faisait moins sombre ; et le lieutenant Otto annon-
çait avec conviction que le ciel allait s'éclaircir. Mlle Fifi elle-
120 même ne semblait pas tenir en place. Elle se levait, se rasseyait.
Son œil clair et dur cherchait quelque chose à briser. Soudain,
fixant la dame aux moustaches, le jeune blondin tira son revolver.

« Tu ne verras pas cela toi », dit-il ; et, sans quitter son siège, il visa.
Deux balles successivement crevèrent les deux yeux du portrait.

125 Puis il s'écria : « Faisons la mine ! » Et brusquement les conversa-
tions s'interrompirent, comme si un intérêt puissant et nouveau se
fût emparé de tout le monde.

La mine, c'était son invention, sa manière de détruire, son amu-
sement préféré.

130 En quittant son château, le propriétaire légitime, le comte
Fernand d'Amoys d'Uville, n'avait eu le temps de rien emporter ni
de rien cacher, sauf l'argenterie enfouie dans le trou d'un mur. Or,
comme il était fort riche et magnifique[1], son grand salon, dont la
porte ouvrait dans la salle à manger, présentait, avant la fuite pré-
135 cipitée du maître, l'aspect d'une galerie de musée.

1. **Magnifique :** qui a des manières fastueuses, qui fait de grandes dépenses (vieilli).

Aux murailles pendaient des toiles, des dessins et des aquarelles de prix, tandis que sur les meubles, les étagères, et dans les vitrines élégantes, mille bibelots, des potiches, des statuettes, des bonshommes de Saxe[1] et des magots[2] de Chine, des ivoires anciens et des verres de Venise,
140 peuplaient le vaste appartement de leur foule précieuse et bizarre.

Il n'en restait guère maintenant. Non qu'on les eût pillés, le major comte de Farlsberg ne l'aurait point permis ; mais Mlle Fifi, de temps en temps, faisait la *mine* ; et tous les officiers, ce jour-là, s'amusaient vraiment pendant cinq minutes.

145 Le petit marquis alla chercher dans le salon ce qu'il lui fallait. Il rapporta une toute mignonne théière de Chine famille Rose[3] qu'il emplit de poudre à canon, et, par le bec, il introduisit délicatement un long morceau d'amadou[4], l'alluma, et courut reporter cette machine infernale dans l'appartement voisin.

150 Puis il revint bien vite, en fermant la porte. Tous les Allemands attendaient, debout, avec la figure souriante d'une curiosité enfantine ; et, dès que l'explosion eut secoué le château, ils se précipitèrent ensemble.

Mlle Fifi, entrée la première, battait des mains avec délire devant une Vénus de terre cuite dont la tête avait enfin sauté ; et chacun
155 ramassa des morceaux de porcelaine, s'étonnant aux dentelures étranges des éclats, examinant les dégâts nouveaux, contestant certains ravages comme produits par l'explosion précédente ; et le major considérait d'un air paternel le vaste salon bouleversé par cette mitraille à la Néron[5] et sablé de débris d'objets d'art. Il en sortit le pre-
160 mier, en déclarant avec bonhomie : « Ça a bien réussi, cette fois. »

Mais une telle trombe de fumée était entrée dans la salle à manger, se mêlant à celle du tabac, qu'on ne pouvait plus respirer. Le commandant ouvrit la fenêtre, et tous les officiers, revenus pour boire un dernier verre de cognac, s'en approchèrent.

1. **Saxe** : nom d'une fabrique de porcelaine.
2. **Magots** : figurines représentant de petits personnages, souvent grimaçants et obèses.
3. **Famille Rose** : porcelaine très délicate de l'époque Qing (XVIII[e] siècle) utilisant le rose rubis.
4. **Amadou** : substance spongieuse préparée pour s'enflammer facilement.
5. **Néron** : empereur romain (I[er] siècle apr. J.-C.) qui faisait régner la terreur tout en vivant dans le luxe.

165 L'air humide s'engouffra dans la pièce, apportant une sorte de poussière d'eau qui poudrait les barbes, et une odeur d'inondation. Ils regardaient les grands arbres accablés sous l'averse, la large vallée embrumée par ce dégorgement des nuages sombres et bas, et tout au loin le clocher de l'église dressé comme une pointe grise
170 dans la pluie battante.

 Depuis leur arrivée, il n'avait plus sonné. C'était, du reste, la seule résistance que les envahisseurs eussent rencontrée aux environs : celle du clocher. Le curé ne s'était nullement refusé à recevoir et à nourrir des soldats prussiens ; il avait même plusieurs
175 fois accepté de boire une bouteille de bière ou de bordeaux avec le commandant ennemi, qui l'employait souvent comme intermédiaire bienveillant ; mais il ne fallait pas lui demander un seul tintement de sa cloche ; il se serait plutôt laissé fusiller. C'était sa manière à lui de protester contre l'invasion, protestation pacifique,
180 protestation du silence, la seule, disait-il, qui convînt au prêtre, homme de douceur et non de sang ; et tout le monde, à dix lieues à la ronde, vantait la fermeté, l'héroïsme de l'abbé Chantavoine, qui osait affirmer le deuil public, le proclamer, par le mutisme obstiné de son église.

185 Le village entier, enthousiasmé par cette résistance, était prêt à soutenir jusqu'au bout son pasteur, à tout braver, considérant cette protestation tacite[1] comme la sauvegarde de l'honneur national. Il semblait aux paysans qu'ils avaient ainsi mieux mérité de la patrie que Belfort et que Strasbourg[2], qu'ils avaient donné un exemple
190 équivalent, que le nom du hameau en deviendrait immortel ; et, hormis cela, ils ne refusaient rien aux Prussiens vainqueurs.

 Le commandant et ses officiers riaient ensemble de ce courage inoffensif ; et comme le pays entier se montrait obligeant et souple à leur égard, ils toléraient volontiers son patriotisme muet.

195 Seul, le petit marquis Wilhem aurait bien voulu forcer la cloche à sonner. Il enrageait de la condescendance[3] politique de son supérieur pour le prêtre ; et chaque jour il suppliait le commandant

1. **Tacite :** qui n'a pas besoin d'être dit ; implicite, sous-entendu.
2. **Belfort, Strasbourg :** ces deux villes avaient montré une résistance acharnée à l'envahisseur.
3. **Condescendance :** complaisance par laquelle on s'abaisse au niveau d'une autre personne.

de le laisser faire « Ding-don-don », une fois, une seule petite fois, pour rire un peu seulement. Et il demandait cela avec des grâces 200 de chatte, des cajoleries de femme, des douceurs de voix d'une maîtresse affolée par une envie ; mais le commandant ne cédait point, et Mlle Fifi, pour se consoler, faisait la *mine* dans le château d'Uville.

Les cinq hommes restèrent là, en tas, quelques minutes, aspirant 205 l'humidité. Le lieutenant Fritz, enfin, prononça en jetant un rire pâteux : « Ces temoiselles técitément, n'auront pas peau temps pour leur bromenate. »

Là-dessus, on se sépara, chacun allant à son service, et le capitaine ayant fort à faire pour les préparatifs du dîner.

210 Quand ils se retrouvèrent de nouveau à la nuit tombante, ils se mirent à rire en se voyant tous coquets et reluisants comme aux jours de grande revue, pommadés, parfumés, tout frais. Les cheveux du commandant semblaient moins gris que le matin ; et le capitaine s'était rasé, ne gardant que sa moustache, qui lui mettait 215 une flamme sous le nez.

Malgré la pluie, on laissait la fenêtre ouverte ; et l'un d'eux parfois allait écouter. À six heures dix minutes le baron signala un lointain roulement. Tous se précipitèrent ; et bientôt la grande voiture accourut, avec ses quatre chevaux toujours au galop, crottés 220 jusqu'au dos, fumants et soufflants.

Et cinq femmes descendirent sur le perron, cinq belles filles choisies avec soin par un camarade du capitaine à qui *Le Devoir* était allé porter une carte de son officier.

Elles ne s'étaient point fait prier, sûres d'être bien payées, 225 connaissant d'ailleurs les Prussiens, depuis trois mois qu'elles en tâtaient, et prenant leur parti des hommes comme des choses. « C'est le métier qui veut ça », se disaient-elles en route, pour répondre sans doute à quelque picotement secret d'un reste de conscience.

230 Et tout de suite on entra dans la salle à manger. Illuminée, elle semblait plus lugubre encore en son délabrement piteux ; et la table couverte de viandes, de vaisselle riche et d'argenterie retrouvée dans le mur où l'avait cachée le propriétaire, donnait à ce lieu l'aspect d'une taverne de bandits qui soupent après un pillage. Le capitaine, 235 radieux, s'empara des femmes comme d'une chose familière, les

appréciant, les embrassant, les flairant, les évaluant à leur valeur de filles à plaisir ; et comme les trois jeunes gens voulaient en prendre chacun une, il s'y opposa avec autorité, se réservant de faire le partage, en toute justice, suivant les grades, pour ne blesser en rien la
240 hiérarchie.

Alors, afin d'éviter toute discussion, toute contestation et tout soupçon de partialité, il les aligna par rang de taille, et s'adressant à la plus grande, avec le ton du commandement : « Ton nom ? »

Elle répondit en grossissant sa voix : « Paméla. »
245 Alors il proclama : « Numéro un, la nommée Paméla, adjugée au commandant. »

Ayant ensuite embrassé Blondine, la seconde, en signe de propriété, il offrit au lieutenant Otto la grosse Amanda, Éva *la Tomate* au sous-lieutenant Fritz, et la plus petite de toutes, Rachel, une brune toute
250 jeune, à l'œil noir comme une tache d'encre, une juive dont le nez retroussé confirmait la règle qui donne des becs courbes à toute sa race, au plus jeune des officiers, au frêle marquis Wilhem d'Eyrik.

Toutes, d'ailleurs, étaient jolies et grasses, sans physionomies bien distinctes, faites à peu près pareilles de tournure et de peau
255 par les pratiques d'amour quotidiennes et la vie commune des maisons publiques.

Les trois jeunes gens prétendaient tout de suite entraîner leurs femmes, sous prétexte de leur offrir des brosses et du savon pour se nettoyer ; mais le capitaine s'y opposa sagement, affirmant qu'elles
260 étaient assez propres pour se mettre à table et que ceux qui monteraient voudraient changer en descendant et troubleraient les autres couples. Son expérience l'emporta. Il y eut seulement beaucoup de baisers, des baisers d'attente.

Soudain, Rachel suffoqua, toussant aux larmes, et rendant de la
265 fumée par les narines. Le marquis, sous prétexte de l'embrasser, venait de lui souffler un jet de tabac dans la bouche. Elle ne se fâcha point, ne dit pas un mot, mais elle regarda fixement son possesseur avec une colère éveillée tout au fond de son œil noir.

On s'assit. Le commandant lui-même semblait enchanté ; il prit
270 à sa droite Paméla, Blondine à sa gauche, et déclara, en dépliant sa serviette : « Vous avez eu là une charmante idée, capitaine. »

Les lieutenants Otto et Fritz, polis comme auprès de femmes du monde, intimidaient un peu leurs voisines ; mais le baron de

Kelweingstein, lâché dans son vice, rayonnait, lançait des mots
275 grivois[1], semblait en feu avec sa couronne de cheveux rouges. Il
galantisait[2] en français du Rhin ; et ses compliments de taverne,
expectorés par le trou des deux dents brisées, arrivaient aux filles
au milieu d'une mitraille de salive.

Elles ne comprenaient rien, du reste ; et leur intelligence ne sem-
280 bla s'éveiller que lorsqu'il cracha des paroles obscènes, des expres-
sions crues, estropiées par son accent. Alors, toutes ensemble, elles
commencèrent à rire comme des folles, tombant sur le ventre de
leurs voisins, répétant les termes que le baron se mit alors à défi-
gurer à plaisir pour leur faire dire des ordures. Elles en vomissaient
285 à volonté, soûles aux premières bouteilles de vin ; et, redevenant
elles, ouvrant la porte aux habitudes, elles embrassaient les mous-
taches de droite et celles de gauche, pinçaient les bras, poussaient
des cris furieux, buvaient dans tous les verres, chantaient des
couplets français et des bouts de chansons allemandes appris dans
290 leurs rapports quotidiens avec l'ennemi.

Bientôt les hommes eux-mêmes, grisés par cette chair de femme
étalée sous leur nez et sous leurs mains, s'affolèrent, hurlant, brisant
la vaisselle, tandis que, derrière leur dos, des soldats impassibles les
servaient.

295 Le commandant seul gardait de la retenue.

Mlle Fifi avait pris Rachel sur ses genoux, et, s'animant à froid,
tantôt il embrassait follement les frisons[3] d'ébène de son cou,
humant par le mince intervalle entre la robe et la peau la douce
chaleur de son corps et tout le fumet[4] de sa personne ; tantôt, à
300 travers l'étoffe, il la pinçait avec fureur, la faisant crier, saisi d'une
férocité rageuse, travaillé par son besoin de ravage. Souvent aussi,
la tenant à pleins bras, l'étreignant comme pour la mêler à lui, il
appuyait longuement ses lèvres sur la bouche fraîche de la juive, la
baisait à perdre haleine ; mais soudain il la mordit si profondément
305 qu'une traînée de sang descendit sur le menton de la jeune femme
et coula dans son corsage.

1. **Grivois** : cru ; qui traite de sexualité sur le ton de la plaisanterie.
2. **Galantisait** : courtisait (archaïsme classique).
3. **Frisons** : petites mèches de cheveux qui frisent sur la nuque.
4. **Fumet** : odeur agréable (d'une viande ou d'un vin).

Encore une fois, elle le regarda bien en face, et, lavant la plaie, murmura : « Ça se paye, cela. » Il se mit à rire, d'un rire dur. « Je payerai », dit-il.

310 On arrivait au dessert ; on versait du champagne. Le commandant se leva, et du même ton qu'il aurait pris pour porter la santé[1] de l'impératrice Augusta[2], il but :

« À nos dames ! » Et une série de toasts commença ; des toasts d'une galanterie de soudards[3] et de pochards[4], mêlés de plaisanteries
315 obscènes, rendues plus brutales encore par l'ignorance de la langue.

Ils se levaient l'un après l'autre, cherchant de l'esprit, s'efforçant d'être drôles ; et les femmes, ivres à tomber, les yeux vagues, les lèvres pâteuses, applaudissaient chaque fois éperdument[5].

Le capitaine, voulant sans doute rendre à l'orgie un air galant, leva
320 encore une fois son verre, et prononça : « À nos victoires sur les cœurs ! »

Alors le lieutenant Otto, espèce d'ours de la Forêt-Noire, se dressa, enflammé, saturé de boissons. Et envahi brusquement de patriotisme alcoolique, il cria : « À nos victoires sur la France ! »

Toutes grises qu'elles étaient, les femmes se turent ; et Rachel,
325 frissonnante, se retourna : « Tu sais, j'en connais, des Français, devant qui tu ne dirais pas ça. »

Mais le petit marquis, la tenant toujours sur ses genoux, se mit à rire, rendu très gai par le vin : « Ah ! ah ! ah ! je n'en ai jamais vu, moi. Sitôt que nous paraissons, ils foutent le camp ! »

330 La fille, exaspérée, lui cria dans la figure : « Tu mens, salaud ! »

Durant une seconde, il fixa sur elle ses yeux clairs, comme il les fixait sur les tableaux dont il crevait la toile à coups de revolver, puis il se mit à rire : « Ah ! oui, parlons-en, la belle ! serions-nous ici, s'ils étaient braves ? » Et il s'animait : « Nous sommes leurs maîtres !
335 à nous la France ! »

Elle quitta ses genoux d'une secousse et retomba sur sa chaise. Il se leva, tendit son verre jusqu'au milieu de la table et répéta : « À nous la France et les Français, les bois, les champs et les maisons de France ! »

1. **Porter à la santé :** lever son verre à la santé.
2. **Impératrice Augusta :** épouse de l'empereur Guillaume 1er.
3. **Soudards :** soldats grossiers.
4. **Pochards :** ivrognes (familier).
5. **Éperdument :** follement, avec excès.

Les autres, tout à fait soûls, secoués soudain par un enthou-
340 siasme militaire, un enthousiasme de brutes, saisirent leurs verres
en vociférant : « Vive la Prusse ! » et les vidèrent d'un seul trait.

Les filles ne protestaient point, réduites au silence et prises de
peur. Rachel elle-même se taisait, impuissante à répondre.

Alors, le petit marquis posa sur la tête de la juive sa coupe de
345 champagne emplie à nouveau « À nous aussi, cria-t-il, toutes les
femmes de France ! »

Elle se leva si vite, que le cristal, culbuté, vida, comme pour un
baptême, le vin jaune dans ses cheveux noirs, et il tomba, se brisant
à terre. Les lèvres tremblantes, elle bravait du regard l'officier qui riait
350 toujours, et elle balbutia, d'une voix étranglée de colère : « Ça, ça, ça
n'est pas vrai, par exemple, vous n'aurez pas les femmes de France. »

Il s'assit pour rire à son aise, et, cherchant l'accent parisien : « Elle est
pien ponne, pien ponne, qu'est-ce alors que tu viens faire ici, pétite ? »

Interdite, elle se tut d'abord, comprenant mal dans son trouble,
355 puis, dès qu'elle eut bien saisi ce qu'il disait, elle lui jeta, indignée
et véhémente : « Moi ! moi ! Je ne suis pas une femme, moi, je suis
une putain ; c'est bien tout ce qu'il faut à des Prussiens. »

Elle n'avait point fini qu'il la giflait à toute volée ; mais comme il
levait encore une fois la main, affolée de rage, elle saisit sur la table
360 un petit couteau de dessert à lame d'argent, et si brusquement
qu'on ne vit rien d'abord, elle le lui piqua droit dans le cou, juste
au creux où la poitrine commence.

Un mot qu'il prononçait fut coupé dans sa gorge ; et il resta
béant, avec un regard effroyable.

365 Tous poussèrent un rugissement, et se levèrent en tumulte ;
mais ayant jeté sa chaise dans les jambes du lieutenant Otto, qui
s'écroula tout au long, elle courut à la fenêtre, l'ouvrit avant qu'on
eût pu l'atteindre, et s'élança dans la nuit, sous la pluie qui tombait
toujours.

370 En deux minutes, Mlle Fifi fut morte. Alors Fritz et Otto dégaî-
nèrent et voulurent massacrer les femmes, qui se traînaient à leurs
genoux. Le major, non sans peine, empêcha cette boucherie, fit
enfermer dans une chambre, sous la garde de deux hommes, les
quatre filles éperdues ; puis, comme s'il eût disposé ses soldats
375 pour un combat, il organisa la poursuite de la fugitive, bien certain
de la reprendre.

Clefs d'analyse

Action et personnages

1. Décomposez ce passage en vous aidant des paragraphes et des temps employés ; donnez un titre à chacune des étapes identifiées.

2. Recherchez au début de la nouvelle ce qui justifie le surnom donné au Prussien. Quel effet produit-il dans ce passage-ci ?

3. Quels points communs peut-on relever entre ce passage avec les prostituées et la scène de la « mine » au début de la nouvelle ?

4. Selon quel point de vue est écrit ce passage ? Justifiez votre réponse.

Langue

5. Transcrivez les paroles des lignes 352 à 357 au discours indirect ; que devez-vous transformer ?

6. Relevez les adjectifs qualificatifs caractérisant les sensations et émotions des personnages masculins. Pour chacun, donnez ensuite, quand c'est possible, et en vous aidant d'un dictionnaire, le substantif correspondant (par exemple : « grisés », l. 291 → griserie).

7. Sur quel double sens joue Maupassant dans l'échange « Ça se paye, cela » / « Je payerai » (l. 308-309) ? Remplacez « payer » dans chacune de ces occurrences par un autre terme de sens équivalent.

Genre ou thèmes

8. Maupassant valorise-t-il ici les prostituées ? Relevez toutes les caractérisations les concernant et montrez que le narrateur cherche à être objectif.

9. On a souvent reproché aux naturalistes de se complaire dans la description de scènes sordides. Relevez ce qui, dans ce passage, justifierait un tel jugement. Développez votre propre point de vue en un paragraphe argumenté.

10. Relevez toutes les marques d'émotion chez Rachel.

11. Qu'est-ce qui provoque la colère de Rachel ? Expliquez.

12. L'épisode final de ce passage se caractérise par sa grande violence ; relevez-en les marques les plus significatives à votre avis.

13. La violence ne commence-t-elle pas plus avant dans ce passage ? Justifiez votre réponse.

Écriture

14. Imaginez le témoignage de l'une des amies de Rachel.

15. Qu'arriverait-il à Rachel si elle était capturée ? Imaginez une suite vraisemblable et racontez-la au passé.

16. Rachel se réfugie chez le curé : imaginez leur dialogue.

17. Imaginez la réaction du propriétaire du château, à la fin de la guerre, retrouvant dévastée sa demeure. Racontez la scène.

18. Imaginez un article de journal critiquant la nouvelle de Maupassant.

Pour aller plus loin

19. Cette nouvelle fait allusion à la position de l'Église pendant la guerre. Recherchez quelle place avait l'Église catholique dans la vie française au XIXe siècle, en particulier en politique.

20. Comparez cette scène à d'autres scènes de meurtre chez Maupassant, dans *Le Père Milon* dans ce même recueil, ou dans d'autres ouvrages comme *Un Parricide*, *Confession d'une femme*, *La Mère Sauvage*, *Le Garde*, etc.

✳ À retenir

Cet épisode clef est dramatique, en ce sens qu'il voit l'action basculer ; il s'agit d'une péripétie (action qui bouleverse l'action). On dit d'un récit qu'il est dramatique non pas quand il raconte des événements graves, malheureux, mais quand l'action en est rapide et tendue, et qu'il y a du *suspense*.

ŒUVRES COMPLÈTES ILLUSTRÉES DE
GUY DE MAUPASSANT

Mademoiselle Fifi

Ilustrations de L. VALLET
gravure sur bois de G. LEMOINE

LIBRAIRIE OLLENDORFF
PARIS

Illustration pour *Mademoiselle Fifi*, gravure de G. Lemoine
d'après un dessin de Louis Vallet pour la couverture de l'édition de 1902,
Bibliothèque nationale de France, Paris.

Cinquante hommes, fouettés de menaces, furent lancés dans le parc. Deux cents autres fouillèrent les bois et toutes les maisons de la vallée.

380 La table, desservie en un instant, servait maintenant de lit mortuaire[1], et les quatre officiers, rigides, dégrisés, avec la face dure des hommes de guerre en fonction, restaient debout près des fenêtres, sondaient la nuit.

L'averse torrentielle continuait. Un clapotis continu emplissait les 385 ténèbres, un flottant murmure d'eau qui tombe et d'eau qui coule, d'eau qui dégoutte[2] et d'eau qui rejaillit.

Soudain, un coup de feu retentit, puis un autre très loin ; et, pendant quatre heures, on entendit ainsi de temps en temps des détonations proches ou lointaines, et des cris de ralliement, des mots 390 étranges lancés comme appel par des voix gutturales.

Au matin, tout le monde rentra. Deux soldats avaient été tués, et trois autres blessés par leurs camarades dans l'ardeur de la chasse et l'effarement de cette poursuite nocturne.

On n'avait pas retrouvé Rachel.

395 Alors les habitants furent terrorisés, les demeures bouleversées, toute la contrée parcourue, battue, retournée. La juive ne semblait pas avoir laissé une seule trace de son passage.

Le général, prévenu, ordonna d'étouffer l'affaire, pour ne point donner de mauvais exemples dans l'armée, et il frappa d'une peine dis-400 ciplinaire le commandant, qui punit ses inférieurs. Le général avait dit : « On ne fait pas la guerre pour s'amuser et caresser des filles publiques. » Et le comte de Farlsberg, exaspéré, résolut de se venger sur le pays.

Comme il lui fallait un prétexte afin de sévir sans contrainte, il fit venir le curé et lui ordonna de sonner la cloche à l'enterrement 405 du marquis d'Eyrik.

Contre toute attente, le prêtre se montra docile, humble, plein d'égards. Et quand le corps de Mlle Fifi, porté par des soldats, précédé, entouré, suivi de soldats qui marchaient le fusil chargé, quitta le château d'Uville, allant au cimetière, pour la première fois 410 la cloche tinta son glas funèbre avec une allure allègre, comme si une main amie l'eût caressée.

1. **Mortuaire** : relatif aux cérémonies faites en l'honneur des morts.
2. **Dégoutte** : coule goutte à goutte.

Mademoiselle Fifi

Elle sonna le soir encore, et le lendemain aussi, et tous les jours ; elle carillonna tant qu'on voulut. Parfois même, la nuit, elle se mettait toute seule en branle, et jetait doucement deux ou trois sons dans l'ombre, prise de gaietés singulières, réveillée on ne sait pourquoi. Tous les paysans du lieu la dirent alors ensorcelée ; et personne, sauf le curé et le sacristain[1], n'approchait plus du clocher.

C'est qu'une pauvre fille vivait là-haut, dans l'angoisse et la solitude, nourrie en cachette par ces deux hommes.

Elle y resta jusqu'au départ des troupes allemandes. Puis, un soir, le curé ayant emprunté le char à bancs du boulanger, conduisit lui-même sa prisonnière jusqu'à la porte de Rouen. Arrivé là, le prêtre l'embrassa ; elle descendit et regagna vivement à pied le logis public[2], dont la patronne la croyait morte.

Elle en fut tirée quelque temps après par un patriote sans préjugés qui l'aima pour sa belle action, puis l'ayant ensuite chérie pour elle-même, l'épousa, en fit une Dame qui valut autant que beaucoup d'autres.

1. **Sacristain :** religieux préposé à l'entretien de l'église et des objets de culte.
2. **Logis public :** maison close.

DEUX AMIS

Paris était bloqué, affamé et râlant. Les moineaux se faisaient bien rares sur les toits, et les égouts se dépeuplaient. On mangeait n'importe quoi.

Comme il se promenait tristement par un clair matin de janvier le long du boulevard extérieur, les mains dans les poches de sa culotte d'uniforme[1] et le ventre vide, M. Morissot, horloger de son état et pantouflard par occasion, s'arrêta net devant un confrère qu'il reconnut pour un ami. C'était M. Sauvage, une connaissance du bord de l'eau.

Chaque dimanche, avant la guerre, Morissot partait dès l'aurore, une canne en bambou d'une main, une boîte en fer-blanc sur le dos. Il prenait le chemin de fer d'Argenteuil, descendait à Colombes, puis gagnait à pied l'île Marante[2]. À peine arrivé en ce lieu de ses rêves, il se mettait à pêcher ; il pêchait jusqu'à la nuit.

Chaque dimanche, il rencontrait là un petit homme replet et jovial, M. Sauvage, mercier, rue Notre-Dame-de-Lorette[3], autre pêcheur fanatique. Ils passaient souvent une demi-journée côte à côte, la ligne à la main et les pieds ballants au-dessus du courant ; et ils s'étaient pris d'amitié l'un pour l'autre.

En certains jours, ils ne parlaient pas. Quelquefois ils causaient ; mais ils s'entendaient admirablement sans rien dire, ayant des goûts semblables et des sensations identiques.

Au printemps, le matin, vers dix heures, quand le soleil rajeuni faisait flotter sur le fleuve tranquille cette petite buée qui coule avec l'eau, et versait dans le dos des deux enragés pêcheurs une bonne chaleur de saison nouvelle, Morissot parfois disait à son voisin : « Hein ! quelle douceur ! » et M. Sauvage répondait : « Je ne connais rien de meilleur. » Et cela leur suffisait pour se comprendre et s'estimer.

1. **Uniforme :** il s'agit de celui de la garde nationale, c'est-à-dire de la troupe locale recrutée parmi les civils.
2. **Île Marante :** île située sur la Seine en aval d'Argenteuil, près de Colombes.
3. **Notre-Dame-de-Lorette :** église située dans le IX^e arrondissement de Paris.

Deux Amis

À l'automne, vers la fin du jour, quand le ciel, ensanglanté par
30 le soleil couchant, jetait dans l'eau des figures de nuages écarlates,
empourprait le fleuve entier, enflammait l'horizon, faisait rouges
comme du feu les deux amis, et dorait les arbres roussis déjà,
frémissants d'un frisson d'hiver, M. Sauvage regardait en souriant
Morissot et prononçait : « Quel spectacle ! » Et Morissot émerveillé
35 répondait, sans quitter des yeux son flotteur : « Cela vaut mieux
que le boulevard, hein ? »

Dès qu'ils se furent reconnus, ils se serrèrent les mains énergi-
quement, tout émus de se retrouver en des circonstances si diffé-
rentes. M. Sauvage, poussant un soupir, murmura : « En voilà des
40 événements ! » Morissot, très morne, gémit : « Et quel temps ! C'est
aujourd'hui le premier beau jour de l'année. »

Le ciel était, en effet, tout bleu et plein de lumière.

Ils se mirent à marcher côte à côte, rêveurs et tristes. Morissot
reprit : « Et la pêche ? hein ! quel bon souvenir ! »
45 M. Sauvage demanda : « Quand y retournerons-nous ? »

Ils entrèrent dans un petit café et burent ensemble une absinthe[1] ;
puis ils se remirent à se promener sur les trottoirs.

Morissot s'arrêta soudain : « Une seconde verte, hein ? »
M. Sauvage y consentit : « À votre disposition. » Et ils pénétrèrent
50 chez un autre marchand de vins.

Ils étaient fort étourdis en sortant, troublés comme des gens
à jeun dont le ventre est plein d'alcool. Il faisait doux. Une brise
caressante leur chatouillait le visage.

M. Sauvage, que l'air tiède achevait de griser, s'arrêta : « Si on y allait ? »
55 – Où ça ?

– À la pêche, donc.

– Mais où ?

– Mais à notre île. Les avant-postes français sont auprès de
Colombes. Je connais le colonel Dumoulin ; on nous laissera passer
60 facilement. »

Morissot frémit de désir : « C'est dit. J'en suis. » Et ils se sépa-
rèrent pour prendre leurs instruments.

1. **Absinthe :** liqueur aromatisée avec une plante toxique du même nom, aujourd'hui
interdite mais très appréciée au xixᵉ siècle. Désignée dans le langage populaire par
une « verte » qu'on trouve plus bas.

Une heure après, ils marchaient côte à côte sur la grand'route. Puis ils gagnèrent la villa qu'occupait le colonel. Il sourit de leur
65 demande et consentit à leur fantaisie. Ils se remirent en marche, munis d'un laissez-passer.

Bientôt ils franchirent les avant-postes, traversèrent Colombes abandonné, et se trouvèrent au bord des petits champs de vigne qui descendent vers la Seine. Il était environ onze heures.
70 En face, le village d'Argenteuil semblait mort. Les hauteurs d'Orgemont et de Sannois dominaient tout le pays. La grande plaine qui va jusqu'à Nanterre était vide, toute vide, avec ses cerisiers nus et ses terres grises.

M. Sauvage, montrant du doigt les sommets, murmura : « Les
75 Prussiens sont là-haut ! » Et une inquiétude paralysait les deux amis devant ce pays désert.

« Les Prussiens ! » Ils n'en avaient jamais aperçu, mais ils les sentaient là depuis des mois, autour de Paris, ruinant la France, pillant, massacrant, affamant, invisibles et tout-puissants. Et une sorte de
80 terreur superstitieuse s'ajoutait à la haine qu'ils avaient pour ce peuple inconnu et victorieux.

Morissot balbutia : « Hein ! si nous allions en rencontrer ? »

M. Sauvage répondit, avec cette gouaillerie[1] parisienne reparaissant malgré tout :
85 « Nous leur offririons une friture. »

Mais ils hésitaient à s'aventurer dans la campagne, intimidés par le silence de tout l'horizon.

À la fin, M. Sauvage se décida : « Allons, en route ! mais avec précaution. » Et ils descendirent dans un champ de vigne, courbés en
90 deux, rampant, profitant des buissons pour se couvrir, l'œil inquiet, l'oreille tendue.

Une bande de terre nue restait à traverser pour gagner le bord du fleuve. Ils se mirent à courir ; et dès qu'ils eurent atteint la berge, ils se blottirent dans les roseaux secs.
95 Morissot colla sa joue par terre pour écouter si on ne marchait pas dans les environs. Il n'entendit rien. Ils étaient bien seuls, tout seuls.

Ils se rassurèrent et se mirent à pêcher.

1. **Gouaillerie :** raillerie, plaisanterie (familier).

En face d'eux, l'île Marante abandonnée les cachait à l'autre berge. La petite maison du restaurant était close, semblait délaissée depuis des années.

M. Sauvage prit le premier goujon. Morissot attrapa le second, et d'instant en instant ils levaient leurs lignes avec une petite bête argentée frétillant au bout du fil : une vraie pêche miraculeuse[1].

Ils introduisaient délicatement les poissons dans une poche de filet à mailles très serrées, qui trempait à leurs pieds. Et une joie délicieuse les pénétrait, cette joie qui vous saisit quand on retrouve un plaisir aimé dont on est privé depuis longtemps.

Le bon soleil leur coulait sa chaleur entre les épaules ; ils n'écoutaient plus rien ; ils ne pensaient plus à rien ; ils ignoraient le reste du monde ; ils pêchaient.

Mais soudain un bruit sourd qui semblait venir de sous terre fit trembler le sol. Le canon se remettait à tonner.

Morissot tourna la tête, et par-dessus la berge il aperçut, là-bas, sur la gauche, la grande silhouette du Mont-Valérien[2], qui portait au front une aigrette[3] blanche, une buée de poudre qu'il venait de cracher.

Et aussitôt un second jet de fumée partit du sommet de la forteresse ; et quelques instants après une nouvelle détonation gronda.

Puis d'autres suivirent, et de moment en moment, la montagne jetait son haleine de mort, soufflait ses vapeurs laiteuses qui s'élevaient lentement dans le ciel calme, faisaient un nuage au-dessus d'elle.

M. Sauvage haussa les épaules : « Voilà qu'ils recommencent », dit-il.

Morissot, qui regardait anxieusement plonger coup sur coup la plume de son flotteur, fut pris soudain d'une colère d'homme paisible contre ces enragés qui se battaient ainsi, et il grommela : « Faut-il être stupide pour se tuer comme ça ! »

M. Sauvage reprit : « C'est pis que des bêtes. »

1. **Pêche miraculeuse :** allusion à l'un des miracles accomplis par le Christ dans le Nouveau Testament.
2. **Mont Valérien :** butte de la banlieue ouest de Paris sur laquelle s'élève un fort construit en 1830.
3. **Aigrette :** au sens propre, touffe de plumes ornant la tête d'un oiseau.

Et Morissot, qui venait de saisir une ablette, déclara : « Et dire que ce sera toujours ainsi tant qu'il y aura des gouvernements. »

M. Sauvage l'arrêta : « La République n'aurait pas déclaré la guerre... »

Morissot l'interrompit : « Avec les rois on a la guerre au dehors ; avec la République on a la guerre au dedans. »

Et tranquillement ils se mirent à discuter, débrouillant les grands problèmes politiques avec une raison saine d'hommes doux et bornés, tombant d'accord sur ce point, qu'on ne serait jamais libres. Et le Mont-Valérien tonnait sans repos, démolissant à coups de boulet des maisons françaises, broyant des vies, écrasant des êtres, mettant fin à bien des rêves, à bien des joies attendues, à bien des bonheurs espérés, ouvrant en des cœurs de femmes, en des cœurs de filles, en des cœurs de mères, là-bas, en d'autres pays, des souffrances qui ne finiraient plus.

« C'est la vie », déclara M. Sauvage.

« Dites plutôt que c'est la mort », reprit en riant Morissot.

Mais ils tressaillirent effarés, sentant bien qu'on venait de marcher derrière eux ; et ayant tourné les yeux, ils aperçurent, debout contre leurs épaules, quatre hommes, quatre grands hommes armés et barbus, vêtus comme des domestiques en livrée et coiffés de casquettes plates, les tenant en joue au bout de leurs fusils.

Les deux lignes s'échappèrent de leurs mains et se mirent à descendre la rivière.

En quelques secondes, ils furent saisis, attachés, emportés, jetés dans une barque et passés dans l'île.

Et derrière la maison qu'ils avaient crue abandonnée, ils aperçurent une vingtaine de soldats allemands.

Une sorte de géant velu, qui fumait, à cheval sur une chaise, une grande pipe de porcelaine, leur demanda, en excellent français : « Eh bien, messieurs, avez-vous fait bonne pêche ? »

Alors un soldat déposa aux pieds de l'officier le filet plein de poissons, qu'il avait eu soin d'emporter. Le Prussien sourit : « Eh ! eh ! je vois que ça n'allait pas mal. Mais il s'agit d'autre chose. Écoutez-moi et ne vous troublez pas.

« Pour moi, vous êtes deux espions envoyés pour me guetter. Je vous prends et je vous fusille. Vous faisiez semblant de pêcher, afin de mieux dissimuler vos projets. Vous êtes tombés entre mes mains, tant pis pour vous ; c'est la guerre.

Clefs d'analyse

Action et personnages

1. Ce récit se compose de plusieurs passages qui ont lieu
 à des moments différents : identifiez-les et expliquez leur relation.

2. Comment l'idée de retourner pêcher vient-elle aux « deux amis » ?

3. De combien d'étapes se compose la première partie de la nouvelle ?
 Interprétez l'hésitation des personnages et la durée de cette
 entrée en matière.

4. À quelle catégorie sociale appartiennent les deux personnages ?
 Relevez et classez les informations les concernant.

5. Quels indices annoncent le drame à venir ? Observez, pour
 répondre, les éléments d'information, les expressions
 temporelles et les symboles.

6. Comparez le paysage tel qu'il est évoqué au passé au début
 de la nouvelle, tel que les personnages le voient lorsqu'ils
 arrivent sur leur île, tel enfin qu'il leur apparaît lorsque
 les canons reprennent.

Langue

7. Observez les temps des verbes introduisant les passages
 au discours direct et justifiez leur emploi.

8. Transposez ces passages au discours indirect et comparez
 les deux versions.

9. À quel mode et à quel temps sont conjugués « si nous allions... »
 (l. 82) et « Nous leur offririons... » (l. 85) ?

10. Selon quel procédé la discussion des deux personnages est-elle
 rapportée à la fin de ce passage (l. 136-138) ? Peut-on
 reconstituer leurs paroles ?

Genre ou thèmes

11. La description impressionniste de la rivière : relevez les couleurs,
 notez les nuances et les reflets indiqués dans la description.
 Quelle impression Maupassant cherche-t-il à produire ?

12. **Par qui est observée la rivière ?** Relevez et analysez tout ce qui, dans cette première partie de la nouvelle, exprime la « tranquillité » des personnages et du décor.

13. **Confrontez l'impression dégagée par ce passage dans sa globalité avec celle qui se dégage de la première phrase ;** quel sentiment Maupassant veut-il faire éprouver à votre avis ?

Écriture

14. Que pensez-vous de cette évocation de l'amitié ? Répondez à Maupassant soit par un texte d'invention illustrant votre conception de l'amitié, soit par un texte argumentatif discutant la conception suggérée par la nouvelle.

15. Il ne faut à deux amis que peu de chose pour être heureux : écrivez un récit sous forme de journal pour illustrer cette idée.

Pour aller plus loin

16. Faites un exposé sur Maupassant et le canotage en cherchant des illustrations.

17. Le courage des gens ordinaires : cherchez des témoignages de tels actes de bravoure.

✳ À retenir

La composition narrative d'un récit diffère parfois de l'ordre chronologique des événements racontés. Ainsi, on parle :
– d'un **retour en arrière** (ou **analepse**) lorsque le récit revient sur des événements antérieurs,
– d'une **prolepse** lorsque le récit dévoile des événements futurs,
– d'une **ellipse** lorsque le récit « passe par-dessus » un événement qu'il ne raconte pas,
– d'un **sommaire** ou d'un **résumé**, quand le récit rassemble des événements pour aller plus vite ou pour donner une vue d'ensemble sur une période.

Mais comme vous êtes sortis par les avant-postes, vous avez assu-
170 rément un mot d'ordre pour rentrer. Donnez-moi ce mot d'ordre et
je vous fais grâce. »

Les deux amis, livides, côte à côte, les mains agitées d'un léger
tremblement nerveux, se taisaient.

L'officier reprit : « Personne ne le saura jamais, vous rentrerez
175 paisiblement. Le secret disparaîtra avec vous. Si vous refusez, c'est
la mort, et tout de suite. Choisissez. »

Ils demeuraient immobiles sans ouvrir la bouche.

Le Prussien, toujours calme, reprit en étendant la main vers la
rivière : «Songez que dans cinq minutes vous serez au fond de
180 cette eau. Dans cinq minutes ! Vous devez avoir des parents ? »

Le Mont-Valérien tonnait toujours.

Les deux pêcheurs restaient debout et silencieux. L'Allemand
donna des ordres dans sa langue. Puis il changea sa chaise de
place pour ne pas se trouver trop près des prisonniers ; et douze
185 hommes vinrent se placer à vingt pas, le fusil au pied.

L'officier reprit : « Je vous donne une minute, pas deux secondes
de plus. »

Puis il se leva brusquement, s'approcha des deux Français, prit
Morissot sous le bras, l'entraîna plus loin, lui dit à voix basse : « Vite, ce
190 mot d'ordre ? Votre camarade ne saura rien, j'aurai l'air de m'attendrir. »

Morissot ne répondit rien.

Le Prussien entraîna alors M. Sauvage et lui posa la même
question.

M. Sauvage ne répondit pas.
195 Ils se retrouvèrent côte à côte.

Et l'officier se mit à commander. Les soldats élevèrent leurs
armes.

Alors le regard de Morissot tomba par hasard sur le filet plein de
goujons, resté dans l'herbe, à quelque pas de lui.
200 Un rayon de soleil faisait briller le tas de poissons qui s'agitaient
encore. Et une défaillance l'envahit. Malgré ses efforts, ses yeux
s'emplirent de larmes.

Il balbutia : « Adieu, monsieur Sauvage. »

M. Sauvage répondit : « Adieu, monsieur Morissot. »
205 Ils se serrèrent la main, secoués des pieds à la tête par d'invincibles
tremblements.

Illustration de Louis Vallet pour *Deux Amis*, gravure pour l'édition de 1902,
Bibliothèque nationale de France, Paris.

L'officier cria. « Feu ! »

Les douze coups n'en firent qu'un.

M. Sauvage tomba d'un bloc sur le nez. Morissot, plus grand,
210 oscilla, pivota et s'abattit en travers sur son camarade, le visage au
ciel, tandis que des bouillons de sang s'échappaient de sa tunique
crevée à la poitrine.

L'Allemand donna de nouveaux ordres.

Ses hommes se dispersèrent, puis revinrent avec des cordes et
215 des pierres qu'ils attachèrent aux pieds des deux morts ; puis ils les
portèrent sur la berge.

Le Mont-Valérien ne cessait pas de gronder, coiffé maintenant
d'une montagne de fumée.

Deux soldats prirent Morissot par la tête et par les jambes ; deux
220 autres saisirent M. Sauvage de la même façon. Les corps, un instant
balancés avec force, furent lancés au loin, décrivirent une courbe,
puis plongèrent, debout, dans le fleuve, les pierres entraînant les
pieds d'abord.

L'eau rejaillit, bouillonna, frissonna, puis se calma, tandis que de
225 toutes petites vagues s'en venaient jusqu'aux rives.

Un peu de sang flottait.

L'officier, toujours serein, dit à mi-voix : « C'est le tour des pois-
sons maintenant. »

Puis il revint vers la maison.

230 Et soudain il aperçut le filet aux goujons dans l'herbe. Il le
ramassa, l'examina, sourit, cria : « Wilhem ! »

Un soldat accourut, en tablier blanc. Et le Prussien, lui jetant la
pêche des deux fusillés, commanda : « Fais-moi frire tout de suite
ces petits animaux-là pendant qu'ils sont encore vivants. Ce sera
235 délicieux. »

Puis il se remit à fumer sa pipe.

Clefs d'analyse

Action et personnages

1. Faites le plan de cette deuxième partie de la nouvelle, en dégageant ses étapes dramatiques.

2. Relevez les caractérisations des Prussiens. En quoi le portrait que fait Maupassant tend-il ici à la caricature ?

3. Détaillez le portrait de l'officier en précisant ses caractéristiques physiques et morales ; en quoi ce portrait est-il satirique ?

4. Quel effet produit la symétrie des questions posées par le Prussien aux deux personnages ?

Langue

5. Relevez les adverbes, les groupes nominaux prépositionnels et les conjonctions qui articulent les paragraphes et classez-les selon qu'ils marquent un rapport logique ou un rapport temporel.

6. Classez les verbes au passé simple en fonction de leur terminaison ; complétez la conjugaison de trois verbes pris dans des groupes différents.

7. Relevez toutes les expansions nominales et adjectivales caractérisant les deux amis. Donnez les différentes natures possibles de ces compléments, puis classez-les suivant qu'elles renvoient à leur attitude ou à leur état d'esprit.

8. Par quels procédés (typographie, emploi des temps, longueur des phrases, etc.) Maupassant met-il en valeur l'accélération dramatique de la dernière partie de la nouvelle ?

9. Repérez les passages au discours direct. Réécrivez les cinq premières répliques au discours indirect ou au discours narrativisé ; en quoi le discours direct est-il plus frappant pour les lecteurs ici ?

Genre ou thèmes

10. L'attitude des personnages devant la mort est-elle inattendue au regard de leur portrait initial ?

11. Relevez les termes qui permettent de susciter la pitié du lecteur envers les personnages. Commentez.

Clefs d'analyse lignes 147 à la fin

12. Cherchez dans un dictionnaire la définition des termes suivants :
« anecdote », « fait divers », « moralité ». Lequel de ces termes
vous paraît le mieux caractériser la nouvelle ? Justifiez votre
réponse.

13. À quel endroit l'intrigue proprement dite prend-elle fin ?
Pourquoi Maupassant prolonge-t-il la nouvelle de quelques
lignes ?

14. En quoi les poissons deviennent-ils des symboles à la fin
de la nouvelle ?

Écriture

15. Imaginez une autre fin à la nouvelle, et commentez
la transformation que vous aurez ainsi opérée.

16. L'amitié vous a-t-elle déjà poussé à accomplir un acte dont vous
ne vous seriez pas cru capable ? Racontez.

Pour aller plus loin

17. Les propos des deux pêcheurs sur la guerre reflètent-ils l'opinion
de Maupassant ? Pour répondre, aidez-vous des autres nouvelles
du recueil ainsi que du groupement de textes proposé page 154.

✳ À retenir

Ce texte est la réécriture d'une chronique intitulée
« Une pêche à la ligne », publiée en 1880. Maupassant
donne au récit une dimension poétique, grâce à l'évocation
du paysage et un traitement de la durée très particulier.
Le texte acquiert ainsi une dimension universelle. Plus
qu'une nouvelle de guerre, Maupassant nous livre ici
un conte sur l'amitié, amitié plus forte que la mort,
et plus forte que la peur de la guerre.

L'AVENTURE
DE WALTER SCHNAFFS

À Robert Pinchon[1]

DEPUIS SON ENTRÉE en France avec l'armée d'invasion, Walter
Schnaffs se jugeait le plus malheureux des hommes. Il était gros,
marchait avec peine, soufflait beaucoup et souffrait affreusement
des pieds qu'il avait fort plats et fort gras. Il était en outre pacifique
5 et bienveillant, nullement magnanime ou sanguinaire, père de
quatre enfants qu'il adorait et marié avec une femme blonde, dont
il regrettait désespérément chaque soir les tendresses, les petits
soins et les baisers. Il aimait se lever tard et se coucher tôt, manger
lentement de bonnes choses, et boire de la bière dans les brasse-
10 ries. Il songeait en outre que tout ce qui est doux dans l'existence
disparaît avec la vie ; et il gardait au cœur une haine épouvantable,
instinctive et raisonnée en même temps, pour les canons, les fusils,
les revolvers et les sabres, mais surtout pour les baïonnettes[2], se
sentant incapable de manœuvrer assez vivement cette arme rapide
15 pour défendre son gros ventre.

Et, quand il se couchait sur la terre, la nuit venue, roulé dans son
manteau à côté des camarades qui ronflaient, il pensait longue-
ment aux siens laissés là-bas et aux dangers semés sur sa route :
« S'il était tué, que deviendraient les petits ? Qui donc les nourrirait
20 et les élèverait ? À l'heure même, ils n'étaient pas riches, malgré les
dettes qu'il avait contractées en partant pour leur laisser quelque
argent ». Et Walter Schnaffs pleurait quelquefois.

Au commencement des batailles il se sentait dans les jambes de
telles faiblesses qu'il se serait laissé tomber, s'il n'avait songé que
25 toute l'armée lui passerait sur le corps. Le sifflement des balles
hérissait le poil sur sa peau.

1. **Robert Pinchon :** ami de Maupassant, rencontré au lycée de Rouen, qui l'accompa-
gnait dans ses parties de canotage et qui lui a fourni quelques sujets de contes et
de nouvelles ; mort en 1925.
2. **Baïonnettes :** lames effilées fixées au bout des fusils.

Depuis des mois il vivait ainsi dans la terreur et dans l'angoisse.

Son corps d'armée s'avançait vers la Normandie, et il fut un jour envoyé en reconnaissance avec un faible détachement qui devait simplement explorer une partie du pays et se replier ensuite. Tout semblait calme dans la campagne ; rien n'indiquait une résistance préparée.

Or, les Prussiens descendaient avec tranquillité dans une petite vallée que coupaient des ravins profonds, quand une fusillade violente les arrêta net, jetant bas une vingtaine des leurs ; et une troupe de francs-tireurs[1], sortant brusquement d'un petit bois grand comme la main, s'élança en avant, la baïonnette au fusil.

Walter Schnaffs demeura d'abord immobile, tellement surpris et éperdu qu'il ne pensait même pas à fuir. Puis un désir fou de détaler le saisit ; mais il songea aussitôt qu'il courait comme une tortue en comparaison des maigres Français qui arrivaient en bondissant comme un troupeau de chèvres.

Alors, apercevant à six pas devant lui un large fossé plein de broussailles couvertes de feuilles sèches, il y sauta à pieds joints, sans songer même à la profondeur, comme on saute d'un pont dans une rivière.

Il passa, à la façon d'une flèche, à travers une couche épaisse de lianes et de ronces aiguës qui lui déchirèrent la face et les mains, et il tomba lourdement assis sur un lit de pierres.

Levant aussitôt les yeux, il vit le ciel par le trou qu'il avait fait. Ce trou révélateur le pouvait dénoncer, et il se traîna avec précaution, à quatre pattes, au fond de cette ornière, sous le toit de branchages enlacés, allant le plus vite possible, en s'éloignant du lieu du combat. Puis il s'arrêta et s'assit de nouveau, tapi comme un lièvre au milieu des hautes herbes sèches.

Il entendit pendant quelque temps encore des détonations, des cris et des plaintes. Puis les clameurs de la lutte s'affaiblirent, cessèrent. Tout redevint muet et calme.

Soudain quelque chose remua contre lui. Il eut un sursaut épouvantable. C'était un petit oiseau qui, s'étant posé sur une branche, agitait des feuilles mortes. Pendant près d'une heure, le cœur de Walter Schnaffs en battit à grands coups pressés.

La nuit venait, emplissant d'ombre le ravin. Et le soldat se mit à songer. Qu'allait-il faire ? Qu'allait-il devenir ? Rejoindre son

1. **Francs-tireurs :** combattants qui ne font pas partie de l'armée régulière.

armée... Mais comment ? Mais par où ? Et il lui faudrait recommen-
cer l'horrible vie d'angoisses, d'épouvantes, de fatigues et de souf-
frances qu'il menait depuis le commencement de la guerre ! Non !
Il ne se sentait plus ce courage. Il n'aurait plus l'énergie qu'il fallait
pour supporter les marches et affronter les dangers de toutes les
minutes.

Mais que faire ? Il ne pouvait rester dans ce ravin et s'y cacher
jusqu'à la fin des hostilités. Non, certes. S'il n'avait pas fallu manger,
cette perspective ne l'aurait pas trop atterré ; mais il fallait manger,
manger tous les jours.

Et il se trouvait ainsi tout seul, en armes, en uniforme, sur le ter-
ritoire ennemi, loin de ceux qui le pouvaient défendre. Des frissons
lui couraient sur la peau.

Soudain il pensa : « Si seulement j'étais prisonnier ! » et son cœur
frémit de désir, d'un désir violent, immodéré, d'être prisonnier des
Français. Prisonnier ! Il serait sauvé, nourri, logé, à l'abri des balles
et des sabres, sans appréhension possible, dans une bonne prison
bien gardée. Prisonnier ! Quel rêve !

Et sa résolution fut prise immédiatement :

« Je vais me constituer prisonnier. »

Il se leva, résolu à exécuter ce projet sans tarder d'une minute.
Mais il demeura immobile, assailli soudain par des réflexions
fâcheuses et par des terreurs nouvelles.

Où allait-il se constituer prisonnier ? Comment ? De quel côté ?
Et des images affreuses, des images de mort, se précipitèrent dans
son âme.

Il allait courir des dangers terribles en s'aventurant seul avec son
casque à pointe, par la campagne.

S'il rencontrait des paysans ? Ces paysans, voyant un Prussien
perdu, un Prussien sans défense, le tueraient comme un chien
errant ! Ils le massacreraient avec leurs fourches, leurs pioches,
leurs faux, leurs pelles ! Ils en feraient une bouillie, une pâtée, avec
l'acharnement des vaincus exaspérés.

S'il rencontrait des francs-tireurs ? Ces francs-tireurs, des enragés
sans loi ni discipline, le fusilleraient pour s'amuser, pour passer une
heure, histoire de rire en voyant sa tête. Et il se croyait déjà appuyé
contre un mur en face de douze canons de fusils, dont les petits
trous ronds et noirs semblaient le regarder.

S'il rencontrait l'armée française elle-même ? Les hommes
d'avant-garde le prendraient pour un éclaireur, pour quelque hardi
et malin troupier[1] parti seul en reconnaissance, et ils lui tireraient
dessus. Et il entendait déjà les détonations irrégulières des soldats
couchés dans les broussailles, tandis que lui, debout au milieu
d'un champ, s'affaissait, troué comme une écumoire par les balles
qu'il sentait entrer dans sa chair.

Il se rassit, désespéré. Sa situation lui paraissait sans issue.

La nuit était tout à fait venue, la nuit muette et noire. Il ne
bougeait plus, tressaillant à tous les bruits inconnus et légers qui
passent dans les ténèbres. Un lapin, tapant du cul au bord d'un ter-
rier, faillit faire s'enfuir Walter Schnaffs. Les cris des chouettes lui
déchiraient l'âme, le traversant de peurs soudaines, douloureuses
comme des blessures. Il écarquillait ses gros yeux pour tâcher de
voir dans l'ombre ; et il s'imaginait à tout moment entendre mar-
cher près de lui.

Après d'interminables heures et des angoisses de damné, il aper-
çut, à travers son plafond de branchages, le ciel qui devenait clair.
Alors un soulagement immense le pénétra ; ses membres se déten-
dirent, reposés soudain ; son cœur s'apaisa ; ses yeux se fermèrent. Il
s'endormit.

Quand il se réveilla, le soleil lui parut arrivé à peu près au milieu du
ciel ; il devait être midi. Aucun bruit ne troublait la paix morne des
champs ; et Walter Schnaffs s'aperçut qu'il était atteint d'une faim aiguë.

Il bâillait, la bouche humide à la pensée du saucisson, du bon
saucisson des soldats ; et son estomac lui faisait mal.

Il se leva, fit quelques pas, sentit que ses jambes étaient faibles,
et se rassit pour réfléchir. Pendant deux ou trois heures encore, il
établit le pour et le contre, changeant à tout moment de résolution,
combattu, malheureux, tiraillé par les raisons les plus contraires.

Une idée lui parut enfin logique et pratique, c'était de guetter le
passage d'un villageois seul, sans armes, et sans outils de travail
dangereux, de courir au-devant de lui et de se remettre en ses
mains en lui faisant bien comprendre qu'il se rendait.

Alors il ôta son casque, dont la pointe le pouvait trahir, et il sortit
sa tête au bord de son trou, avec des précautions infinies.

1. **Troupier :** homme de troupe, soldat.

Aucun être isolé ne se montrait à l'horizon. Là-bas, à droite, un petit village envoyait au ciel la fumée de ses toits, la fumée des
135 cuisines ! Là-bas à gauche, il apercevait, au bout des arbres d'une avenue, un grand château flanqué de tourelles.

Il attendit jusqu'au soir, souffrant affreusement, ne voyant rien que des vols de corbeaux, n'entendant rien que les plaintes sourdes de ses entrailles.

140 Et la nuit encore tomba sur lui.

Il s'allongea au fond de sa retraite et il s'endormit d'un sommeil fiévreux, hanté de cauchemars, d'un sommeil d'homme affamé.

L'aurore se leva de nouveau sur sa tête. Il se remit en observation. Mais la campagne restait vide comme la veille ; et une peur nouvelle
145 entrait dans l'esprit de Walter Schnaffs, la peur de mourir de faim ! Il se voyait étendu au fond de son trou, sur le dos, les deux yeux fermés. Puis des bêtes, des petites bêtes de toute sorte s'approchaient de son cadavre et se mettaient à le manger, l'attaquant partout à la fois, se glissant sous ses vêtements pour mordre sa peau froide. Et un grand
150 corbeau lui piquait les yeux de son bec effilé.

Alors, il devint fou, s'imaginant qu'il allait s'évanouir de faiblesse et ne plus pouvoir marcher. Et déjà, il s'apprêtait à s'élancer vers le village, résolu à tout oser, à tout braver, quand il aperçut trois paysans qui s'en allaient aux champs avec leurs fourches sur l'épaule,
155 et il se replongea dans sa cachette.

Mais, dès que le soir obscurcit la plaine, il sortit lentement du fossé, et se mit en route, courbé, craintif, le cœur battant, vers le château lointain, préférant entrer là-dedans plutôt qu'au village qui lui semblait redoutable comme une tanière pleine de tigres.

160 Les fenêtres d'en bas brillaient. Une d'elles était même ouverte ; et une forte odeur de viande cuite s'en échappait, une odeur qui pénétra brusquement dans le nez et jusqu'au fond du ventre de Walter Schnaffs ; qui le crispa, le fit haleter, l'attirant irrésistiblement, lui jetant au cœur une audace désespérée.

165 Et brusquement, sans réfléchir, il apparut, casqué, dans le cadre de la fenêtre.

Huit domestiques dînaient autour d'une grande table. Mais soudain une bonne demeura béante, laissant tomber son verre, les yeux fixes. Tous les regards suivirent le sien !

170 On aperçut l'ennemi !

Clefs d'analyse

Action et personnages

1. Selon quelle focalisation ce passage est-il raconté ? Quels indices nous le prouvent ?

2. Qui est Walter Schnaffs ? Pour répondre, résumez les informations données au début de la nouvelle.

3. Ce personnage correspond-il à ce qu'on attend d'un « ennemi » ? Quel effet produit-il sur le lecteur ?

4. Que se passe-t-il dans ce passage ? Donnez-lui un titre illustrant l'action.

5. Combien d'étapes d'angoisse et de doute traverse le personnage ?

Langue

6. Repérez les différentes formes de discours rapporté et justifiez leur emploi.

7. Relevez les termes appartenant aux lexiques du sentiment d'une part, de la sensation d'autre part.

8. Observez la syntaxe et la ponctuation dans ce passage et expliquez comment Maupassant nous fait partager les interrogations de son personnage.

9. Montrez que certaines phrases sont incomplètes et nécessitent donc qu'on se mette à la place du personnage pour les comprendre.

10. Analysez les modes verbaux de « S'il rencontrait des paysans ? » à « qu'il sentait entrer dans sa chair. » (l. 92-108) : comment le caractère irrationnel de la peur est-il ici souligné ?

Genre ou thèmes

11. Comment est traitée la durée dans ce passage ? Relevez les indications temporelles et reportez-les sur un axe des temps.

12. Quels sont les indices du monologue intérieur ?

13. Quel effet produit le paradoxe : « Prisonnier ! Quel rêve ! » (l. 81) ?

14. En quoi ce texte est-il caricatural ? En quoi au contraire est-il pathétique ?

Clefs d'analyse

Écriture

15. Voilà un héros bien peu héroïque… Racontez à votre tour, sur un mode ironique, « l'aventure » d'un personnage plongé par hasard dans une situation dangereuse. Vous êtes libre du thème ainsi que de la focalisation adoptée pour votre récit.

16. Imaginez que l'une des angoisses de Walter Schnaffs se réalise (rencontrer des paysans, des francs-tireurs, l'armée…) : racontez.

Pour aller plus loin

17. La peur domine ce passage et renvoie, dans un tout autre registre, aux récits fantastiques de Maupassant. On peut lire par exemple *Le Horla*, *La Peur*, *La Main*, etc.

18. Cherchez dans le dictionnaire une définition de la peur ; comment la distingue-t-on de l'angoisse, de l'inquiétude, de l'appréhension ?

19. La faim est un thème très fréquent chez Maupassant, qui revient plusieurs fois dans ce recueil. Comparez *Boule de suif*, *Mademoiselle Fifi*, *Deux Amis* avec *L'Aventure de Walter Schnaffs* en y relevant les éléments liés à la nourriture et à la faim. Quelles significations symboliques ce thème prend-il en rapport avec la guerre de 1870 ?

✳ À retenir

Les délibérations créent, quel que soit le genre littéraire, un moment de *suspense* : le lecteur attend de connaître le choix du personnage. Souvent, il se sent ainsi impliqué et comprend de l'intérieur son dilemme. La vraisemblance psychologique et la justesse dans l'expression des émotions sont alors primordiales pour que le lecteur puisse s'identifier au personnage, même lorsqu'il est comique.

Illustration pour *L'Aventure de Walter Schnaffs*, gravure pour l'édition de 1901, Bibliothèque nationale de France, Paris.

Seigneur ! les Prussiens attaquaient le château !...

Ce fut d'abord un cri, un seul cri, fait de huit cris poussés sur huit tons différents, un cri d'épouvante horrible, puis une levée tumultueuse, une bousculade, une mêlée, une fuite éperdue vers
175 la porte du fond. Les chaises tombaient, les hommes renversaient les femmes et passaient dessus. En deux secondes, la pièce fut vide, abandonnée, avec sa table couverte de mangeaille en face de Walter Schnaffs stupéfait, toujours debout dans sa fenêtre.

Après quelques instants d'hésitation, il enjamba le mur d'appui
180 et s'avança vers les assiettes. Sa faim exaspérée le faisait trembler comme un fiévreux ; mais une terreur le retenait, le paralysait encore. Il écouta. Toute la maison semblait frémir ; des portes se fermaient, des pas rapides couraient sur le plancher du dessus. Le Prussien inquiet tendait l'oreille à ces confuses rumeurs ; puis
185 il entendit des bruits sourds comme si des corps fussent tombés dans la terre molle, au pied des murs, des corps humains sautant du premier étage.

Puis tout mouvement, toute agitation cessèrent et le grand château devint silencieux comme un tombeau.

190 Walter Schnaffs s'assit devant une assiette restée intacte, et il se mit à manger. Il mangeait par grandes bouchées comme s'il eût craint d'être interrompu trop tôt, de n'en pouvoir engloutir assez. Il jetait à deux mains les morceaux dans sa bouche ouverte comme une trappe ; et des paquets de nourriture lui descendaient coup
195 sur coup dans l'estomac, gonflant sa gorge en passant. Parfois, il s'interrompait, prêt à crever à la façon d'un tuyau trop plein. Il prenait alors la cruche au cidre et se déblayait l'œsophage comme on lave un conduit bouché.

Il vida toutes les assiettes, tous les plats et toutes les bouteilles ;
200 puis, saoul de liquide et de mangeaille, abruti, rouge, secoué par des hoquets, l'esprit troublé et la bouche grasse, il déboutonna son uniforme pour souffler, incapable d'ailleurs de faire un pas. Ses yeux se fermaient, ses idées s'engourdissaient ; il posa son front pesant dans ses bras croisés sur la table, et il perdit doucement la
205 notion des choses et des faits.

Le dernier croissant éclairait vaguement l'horizon au-dessus des arbres du parc. C'était l'heure froide qui précède le jour.

Des ombres glissaient dans les fourrés, nombreuses et muettes ; et parfois, un rayon de lune faisait reluire dans l'ombre une pointe d'acier.

210 Le château tranquille dressait sa haute silhouette noire. Deux fenêtres seules brillaient encore au rez-de-chaussée.

 Soudain, une voix tonnante hurla :

 « En avant ! nom d'un nom ! à l'assaut ! mes enfants ! »

 Alors, en un instant, les portes, les contrevents et les vitres
215 s'enfoncèrent sous un flot d'hommes qui s'élança, brisa, creva tout, envahit la maison. En un instant cinquante soldats armés jusqu'aux cheveux bondirent dans la cuisine où reposait pacifiquement Walter Schnaffs, et, lui posant sur la poitrine cinquante fusils chargés, le culbutèrent, le roulèrent, le saisirent, le lièrent des pieds
220 à la tête.

 Il haletait d'ahurissement, trop abruti pour comprendre, battu, crossé[1] et fou de peur.

 Et tout d'un coup, un gros militaire chamarré d'or lui planta son pied sur le ventre en vociférant :

225 « Vous êtes mon prisonnier, rendez-vous ! »

 Le Prussien n'entendit que ce seul mot « prisonnier », et il gémit : *« Ya, ya, ya. »*

 Il fut relevé, ficelé sur une chaise, et examiné avec une vive curiosité par ses vainqueurs qui soufflaient comme des baleines.
230 Plusieurs s'assirent, n'en pouvant plus d'émotion et de fatigue.

 Il souriait, lui, il souriait maintenant, sûr d'être enfin prisonnier !

 Un autre officier entra et prononça :

 « Mon colonel, les ennemis se sont enfuis ; plusieurs semblent avoir été blessés. Nous restons maîtres de la place. »

235 Le gros militaire qui s'essuyait le front vociféra : « Victoire ! »

 Et il écrivit sur un petit agenda de commerce tiré de sa poche :

 « Après une lutte acharnée, les Prussiens ont dû battre en retraite, emportant leurs morts et leurs blessés, qu'on évalue à cinquante hommes hors de combat. Plusieurs sont restés entre nos mains. »

240 Le jeune officier reprit :

 « Quelles dispositions dois-je prendre, mon colonel ? »

 Le colonel répondit :

 « Nous allons nous replier pour éviter un retour offensif avec de l'artillerie et des forces supérieures. »

245 Et il donna l'ordre de repartir.

1. **Crossé :** bousculé à coups de crosse de fusil.

La colonne se reforma dans l'ombre, sous les murs du château, et se mit en mouvement, enveloppant de partout Walter Schnaffs garrotté[1], tenu par six guerriers le revolver au poing. Des reconnaissances furent envoyées pour éclairer la route. On avançait avec
250 prudence, faisant halte de temps en temps.

Au jour levant, on arrivait à la sous-préfecture de La Roche-Oysel[2], dont la garde nationale[3] avait accompli ce fait d'armes.

La population anxieuse et surexcitée attendait. Quand on aperçut le casque du prisonnier, des clameurs formidables éclatèrent.
255 Les femmes levaient les bras ; des vieilles pleuraient ; un aïeul lança sa béquille au Prussien et blessa le nez d'un de ses gardiens.

Le colonel hurlait.

« Veillez à la sûreté du captif. »

On parvint enfin à la maison de ville[4]. La prison fut ouverte, et
260 Walter Schnaffs jeté dedans, libre de liens.

Deux cents hommes en armes montèrent la garde autour du bâtiment.

Alors, malgré des symptômes d'indigestion qui le tourmentaient depuis quelque temps, le Prussien, fou de joie, se mit à danser,
265 à danser éperdument, en levant les bras et les jambes, à danser en poussant des cris frénétiques, jusqu'au moment où il tomba, épuisé, au pied d'un mur.

Il était prisonnier ! Sauvé !

C'est ainsi que le château de Champignet fut repris à l'ennemi
270 après six heures seulement d'occupation.

Le colonel Ratier, marchand de drap, qui enleva cette affaire à la tête des gardes nationaux de La Roche-Oysel, fut décoré.

1. **Garrotté :** lié étroitement.
2. **La Roche-Oysel :** nom imaginaire aux consonances normandes (cf. Oissel, à côté de Rouen).
3. **Garde nationale :** formation locale recrutée parmi les civils et affectée à la garde des villes, créée en 1789.
4. **Maison de ville :** mairie, hôtel de ville.

Illustration pour *L'Aventure de Walter Schnaffs*, gravure pour l'édition de 1901,
Bibliothèque nationale de France, Paris.

Clefs d'analyse

Action et personnages

1. Identifiez les différents protagonistes de l'épisode.

2. Repérez les différentes focalisations employées dans le récit, et associez-les aux étapes dramatiques correspondantes.

3. Combien de types de personnages français le texte fait-il intervenir ? Pour chacun d'eux, relevez les informations qui nous sont données.

4. Walter Schnaffs est décrit en train de manger : quel effet produit cette description ? Appuyez-vous sur le texte pour justifier votre réponse.

Langue

5. Analysez la syntaxe de la phrase « Ce fut d'abord un cri... porte du fond. » (l. 172-175). Quel procédé stylistique est ici employé par Maupassant ? Quel effet produit-il ?

6. Les paroles des Français rapportées au discours direct vous paraissent-elles spontanées ou stéréotypées ? Quels indices vous permettent de répondre ?

7. Relevez les comparaisons et les métaphores dans tout ce passage, puis classez-les en fonction de l'effet produit (comique, ironique, polémique, dramatique...).

8. Relevez le champ lexical de la guerre. Avec quel autre champ lexical entre-t-il en concurrence ?

9. Que signifie le mot « aventure » ? Quelles connotations trouvez-vous qu'il prend dans ce texte ?

Genre ou thèmes

10. Relevez tous les indices satiriques : hyperboles, marques d'ironie, détails incongrus ou triviaux, etc. Quel jugement le narrateur porte-t-il sur les Français ?

11. Analysez le rôle du décor dans ce passage ; en quoi fait-il pendant au paysage nocturne du passage précédent ?

12. Ce texte a-t-il un intérêt documentaire ? Expliquez.

Clefs d'analyse

Clefs d'analyse · lignes 170 à la fin

13. Ce texte est dédié à un ami de Maupassant : peut-on s'identifier à cet ami ? Quelle relation Maupassant cherche-t-il à instaurer avec son lecteur dans tout le texte ?

Écriture

14. Imaginez la lettre qu'envoie le prisonnier à sa famille.

15. Imaginez l'article de journal relatant ce fait d'armes héroïque, le lendemain.

16. Imaginez un article de presse reprochant à Maupassant son manque de patriotisme. Vous pouvez utiliser des exemples tirés d'autres textes de Maupassant.

Pour aller plus loin

17. Cherchez le mot « épopée » dans un dictionnaire, et donnez-en des exemples. En quoi peut-on dire que Maupassant fait ici l'inverse d'une épopée ? Quelle est la portée polémique et critique de ce texte ?

18. Encore un personnage d'affamé qui mange avidement : comparez Walter Schnaffs à d'autres personnages de ce recueil et cherchez dans la littérature d'autres exemples de « gloutonnerie ».

✳ À retenir

L'humour, qui est l'art de plaisanter sur des sujets *a priori* sérieux, est souvent utilisé à des fins critiques.
Il s'associe ainsi à l'ironie qui vise à critiquer quelqu'un ou quelque chose de façon décalée, en feignant de louer ce qu'on attaque ; ou à l'inverse, il s'associe à la satire, qui est une critique explicite et directe, souvent violente, fondée sur l'exagération et la caricature.
La subtilité de l'humour permet d'attaquer une cible respectable, ici des notables français, beaucoup plus ridicules que le représentant de l'ennemi.

LE PÈRE MILON

DEPUIS UN MOIS, le large soleil jette aux champs sa flamme cuisante. La vie radieuse éclôt sous cette averse de feu ; la terre est verte à perte de vue. Jusqu'aux bords de l'horizon, le ciel est bleu. Les fermes normandes semées par la plaine semblent, de loin, de petits bois, enfermées dans leur ceinture de hêtres élancés. De près, quand on ouvre la barrière vermoulue, on croit voir un jardin géant, car tous les antiques pommiers, osseux comme les paysans, sont en fleurs. Les vieux troncs noirs, crochus, tortus[1], alignés par la cour, étalent sous le ciel leur dômes éclatants, blancs et roses. Le doux parfum de leur épanouissement se mêle aux grasses senteurs des étables ouvertes et aux vapeurs du fumier qui fermente, couvert de poules.

Il est midi. La famille dîne à l'ombre du poirier planté devant la porte : le père, la mère, les quatre enfants, les deux servantes et les trois valets. On ne parle guère. On mange la soupe, puis on découvre le plat de fricot[2] plein de pommes de terre au lard.

De temps en temps, une servante se lève et va remplir au cellier la cruche au cidre.

L'homme, un grand gars de quarante ans, contemple, contre sa maison, une vigne restée nue, et courant, tordue comme un serpent, sous les volets, tout le long du mur.

Il dit enfin : « La vigne au père bourgeonne de bonne heure c't'année. P't-être qu'a[3] donnera. »

La femme aussi se retourne et regarde, sans dire un mot.

Cette vigne est plantée juste à la place où le père a été fusillé.

C'était pendant la guerre de 1870. Les Prussiens occupaient tout le pays. Le général Faidherbe[4], avec l'armée du Nord, leur tenait tête.

1. **Tortus :** tordus, difformes (littéraire).
2. **Fricot :** ragoût.
3. **Qu'a donnera :** « qu'elle donnera ». Maupassant transcrit ici le langage des paysans normands.
4. **Faidherbe :** le général Faidherbe commanda l'armée du Nord après la défaite de Sedan et parvint à empêcher l'occupation des départements du Nord et du Pas-de-Calais.

Or l'état-major prussien s'était posté dans cette ferme. Le vieux paysan qui la possédait, le père Milon, Pierre, les avait reçus et installés de son mieux.

30 Depuis un mois l'avant-garde allemande restait en observation dans le village. Les Français demeuraient immobiles, à dix lieues de là ; et cependant, chaque nuit, des uhlans[1] disparaissaient.

Tous les éclaireurs isolés, ceux qu'on envoyait faire des rondes, alors qu'ils partaient à deux ou trois seulement, ne rentraient 35 jamais.

On les ramassait morts, au matin, dans un champ, au bord d'une cour, dans un fossé. Leurs chevaux eux-mêmes gisaient le long des routes, égorgés d'un coup de sabre.

Ces meurtres semblaient accomplis par les mêmes hommes, 40 qu'on ne pouvait découvrir.

Le pays fut terrorisé. On fusilla des paysans sur une simple dénonciation, on emprisonna des femmes ; on voulut obtenir, par la peur, des révélations des enfants. On ne découvrit rien.

Mais voilà qu'un matin, on aperçut le père Milon étendu dans 45 son écurie, la figure coupée d'une balafre.

Deux uhlans éventrés furent retrouvés à trois kilomètres de la ferme. Un d'eux tenait encore à la main son arme ensanglantée. Il s'était battu, défendu.

Un conseil de guerre ayant été aussitôt constitué, en plein air, 50 devant la ferme, le vieux fut amené.

Il avait soixante-huit ans. Il était petit, maigre, un peu tors[2], avec de grandes mains pareilles à des pinces de crabe. Ses cheveux ternes, rares et légers comme un duvet de jeune canard, laissaient voir partout la chair du crâne. La peau brune et plissée du cou 55 montrait de grosses veines qui s'enfonçaient sous les mâchoires et reparaissaient aux tempes. Il passait dans la contrée pour avare et difficile en affaires.

On le plaça debout, entre quatre soldats, devant la table de cuisine tirée dehors. Cinq officiers et le colonel s'assirent en face de lui.

60 Le colonel prit la parole en français.

« Père Milon, depuis que nous sommes ici, nous n'avons eu qu'à nous louer de vous. Vous avez toujours été complaisant et même

1. **Uhlans :** lanciers prussiens (le lancier désignait à l'origine un soldat portant une lance).
2. **Tors, torse :** courbé(e), déformé(e) (même origine que « tortu », voir note 1 page 115).

veines qui s'enfonçaient
sous les mâchoires et
reparaissaient aux tem-
pes. Il passait dans la contrée pour avare et
difficile en affaires.

On le plaça debout, entre quatre soldats, de-

Illustration de Charles Huard pour *Le Père Milon*, gravure sur bois pour l'édition de 1904, Bibliothèque nationale de France, Paris.

attentionné pour nous. Mais aujourd'hui une accusation terrible
pèse sur vous, et il faut que la lumière se fasse. Comment avez-
65 vous reçu la blessure que vous portez sur la figure ? »

Le paysan ne répondit rien.

Le colonel reprit :

« Votre silence vous condamne, père Milon. Mais je veux que
vous me répondiez, entendez-vous ? Savez-vous qui a tué les deux
70 uhlans qu'on a trouvés ce matin près du Calvaire ? »

Le vieux articula nettement :

« C'est mé[1]. »

Le colonel, surpris, se tut une seconde, regardant fixement le pri-
sonnier. Le père Milon demeurait impassible, avec son air abruti de
75 paysan, les yeux baissés comme s'il eût parlé à son curé. Une seule
chose pouvait révéler un trouble intérieur, c'est qu'il avalait coup
sur coup sa salive, avec un effort visible, comme si sa gorge eût été
tout à fait étranglée.

La famille du bonhomme, son fils Jean, sa bru et deux petits
80 enfants se tenaient à dix pas en arrière, effarés et consternés.

Le colonel reprit :

« Savez-vous aussi qui a tué tous les éclaireurs de notre armée
qu'on retrouve chaque matin, par la campagne depuis un mois ? »

Le vieux répondit avec la même impassibilité de brute :
85 « C'est mé.

– C'est vous qui les avez tués tous ?

– Tretous[2], oui, c'est mé.

– Vous seul ?

– Mé seul.
90 – Dites-moi comment vous vous y preniez. »

Cette fois l'homme parut ému ; la nécessité de parler longtemps
le gênait visiblement. Il balbutia :

« Je sais-ti, mé ? J'ai fait ça comme ça s'trouvait. »

Le colonel reprit :
95 « Je vous préviens qu'il faudra que vous me disiez tout. Vous
ferez donc bien de vous décider immédiatement. Comment avez-
vous commencé ? »

1. **C'est mé :** « c'est moi » (voir note 3 page 115).
2. **Tretous :** « absolument tous ».

L'homme jeta un regard inquiet sur sa famille attentive derrière lui. Il hésita un instant encore, puis, tout à coup, se décida.

100 « Je r'venais un soir, qu'il était p't-être dix heures, le lend'main que vous étiez ici. Vous, et pi[1] vos soldats, vous m'aviez pris pour pus de chinquante écus de fourrage avec une vaque et deux moutons. Je me dis : tant qu'i me prendront de fois vingt écus, tant que je leur y revaudrai ça. Et pi, j'avais d'autres choses itou su l'cœur, 105 que j'vous dirai. V'là qu'j'en aperçois un d'vos cavaliers qui fumait sa pipe su mon fossé, derrière ma grange. J'allai décrocher ma faux et je r'vins à p'tits pas par derrière, qu'il n'entendit seulement rien. Et j'li coupai la tête d'un coup, d'un seul, comme un épi, qu'il n'a pas seulement dit "ouf !" Vous n'auriez qu'à chercher au fond d'la 110 mare : vous le trouveriez dans un sac à charbon, avec une pierre de la barrière.

« J'avais mon idée. J'pris tous ses effets d'puis les bottes jusqu'au bonnet et je les cachai dans le four à plâtre du bois Martin, derrière la cour. »

115 Le vieux se tut. Les officiers, interdits, se regardaient. L'interrogatoire recommença ; et voici ce qu'ils apprirent :

Une fois son meurtre accompli, l'homme avait vécu avec cette pensée : « Tuer des Prussiens ! » Il les haïssait d'une haine sournoise et acharnée de paysan cupide et patriote aussi. Il avait son 120 idée, comme il disait. Il attendit quelques jours.

On le laissait libre d'aller et de venir, d'entrer et de sortir à sa guise tant il s'était montré humble envers les vainqueurs, soumis et complaisant. Or il voyait, chaque soir, partir les estafettes[2] ; et il sortit, une nuit, ayant entendu le nom du village où se rendaient les cavaliers, 125 et ayant appris, dans la fréquentation des soldats, les quelques mots d'allemand qu'il lui fallait.

Il sortit de sa cour, se glissa dans le bois, gagna le four à plâtre, pénétra au fond de la longue galerie et, ayant retrouvé par terre les vêtements du mort, il s'en vêtit.

130 Alors, il se mit à rôder par les champs, rampant, suivant les talus pour se cacher, écoutant les moindres bruits, inquiet comme un braconnier.

1. **Et pi :** « et puis ».
2. **Estafettes :** militaires chargés de la transmission des dépêches (messages urgents).

Le Père Milon

Lorsqu'il crut l'heure arrivée, il se rapprocha de la route et se cacha dans une broussaille. Il attendit encore. Enfin, vers minuit, un galop de cheval sonna sur la terre dure du chemin. L'homme mit l'oreille à terre pour s'assurer qu'un seul cavalier s'approchait, puis il s'apprêta.

Le uhlan arrivait au grand trot, rapportant des dépêches. Il allait, l'œil en éveil, l'oreille tendue. Dès qu'il ne fut plus qu'à dix pas, le père Milon se traîna en travers de la route en gémissant : « *Hilfe !* *Hilfe !* À l'aide, à l'aide ! » Le cavalier s'arrêta, reconnut un Allemand démonté, le crut blessé, descendit de cheval, s'approcha sans soupçonner rien et, comme il se penchait sur l'inconnu, il reçut au milieu du ventre la longue lame courbée du sabre. Il s'abattit, sans agonie, secoué seulement par quelques frissons suprêmes.

Alors le Normand, radieux d'une joie muette de vieux paysan, se releva, et pour son plaisir, coupa la gorge du cadavre. Puis, il le traîna jusqu'au fossé et l'y jeta.

Le cheval, tranquille, attendait son maître. Le père Milon se mit en selle, et il partit au galop à travers les plaines.

Au bout d'une heure, il aperçut encore deux uhlans côte à côte qui rentraient au quartier. Il alla droit sur eux, criant encore : « *Hilfe ! Hilfe !* » Les Prussiens le laissaient venir, reconnaissant l'uniforme, sans méfiance aucune. Et il passa, le vieux, comme un boulet entre les deux, les abattant l'un et l'autre avec son sabre et un revolver.

Puis il égorgea les chevaux, des chevaux allemands ! Puis il rentra doucement au four à plâtre et cacha un cheval au fond de la sombre galerie. Il y quitta son uniforme, reprit ses hardes de gueux[1] et, regagnant son lit, dormit jusqu'au matin.

Pendant quatre jours, il ne sortit pas, attendant la fin de l'enquête ouverte ; mais, le cinquième jour, il repartit, et tua encore deux soldats par le même stratagème. Dès lors, il ne s'arrêta plus. Chaque nuit, il errait, il rôdait à l'aventure, abattant des Prussiens, tantôt ici, tantôt là, galopant par les champs déserts, sous la lune, uhlan perdu, chasseur d'hommes. Puis, sa tâche finie, laissant derrière lui des cadavres couchés le long des routes, le vieux cavalier rentrait cacher au fond du four à plâtre son cheval et son uniforme.

1. **Hardes de gueux :** vêtements misérables de pauvre (termes littéraires).

Illustration de Charles Huard pour *Le Père Milon*, gravure sur bois de G. Lemoine pour l'édition de 1904, Bibliothèque nationale de France, Paris.

Le Père Milon

Il allait vers midi, d'un air tranquille, porter de l'avoine et de l'eau
à sa monture restée au fond du souterrain, et il la nourrissait à pro-
fusion, exigeant d'elle un grand travail.

Mais, la veille, un de ceux qu'il avait attaqués se tenait sur ses gardes
et avait coupé d'un coup de sabre la figure du vieux paysan.

Il les avait tués cependant tous les deux ! Il était revenu encore,
avait caché le cheval et repris ses humbles habits ; mais en ren-
trant, une faiblesse l'avait saisi et il s'était traîné jusqu'à l'écurie, ne
pouvant plus gagner la maison.

On l'avait trouvé là tout sanglant, sur la paille...

Quand il eut fini son récit, il releva soudain la tête et regarda fiè-
rement les officiers prussiens.

Le colonel, qui tirait sa moustache, lui demanda :

« Vous n'avez plus rien à dire ?

– Non, plus rien ; l'compte est juste : j'en ai tué seize, pas un de
plus, pas un de moins.

– Vous savez que vous allez mourir ?

– J'vous ai pas d'mandé de grâce.

– Avez-vous été soldat ?

– Oui. J'ai fait campagne, dans le temps. Et puis, c'est vous qu'avez
tué mon père, qu'était soldat de l'Empereur premier. Sans compter
que vous avez tué mon fils cadet, François, le mois dernier, auprès
d'Évreux. Je vous en devais, j'ai payé. Je sommes quittes. »

Les officiers se regardaient.

Le vieux reprit :

« Huit pour mon père, huit pour mon fieu, je sommes quittes. J'ai
pas été vous chercher querelle, mé ! J'vous connais point ! J'sais pas
seulement d'où qu'vous v'nez. Vous v'là chez mé, que vous y com-
mandez comme si c'était chez vous. Je m'suis vengé su l's autres.
J'm'en r'pens point. »

Et, redressant son torse ankylosé, le vieux croisa ses bras dans
une pose d'humble héros.

Les Prussiens se parlèrent bas longtemps. Un capitaine, qui
avait aussi perdu son fils, le mois dernier, défendait ce gueux
magnanime[1].

1. **Magnanime :** courageux, qui a de la force d'âme.

Alors le colonel se leva et, s'approchant du père Milon, baissant
205 la voix :

« Écoutez, le vieux, il y a peut-être un moyen de vous sauver la
vie, c'est de... »

Mais le bonhomme n'écoutait point, et, les yeux plantés droit sur
l'officier vainqueur, tandis que le vent agitait les poils follets de son
210 crâne, il fit une grimace affreuse qui crispa sa maigre face toute
coupée par la balafre, et, gonflant sa poitrine, il cracha, de toute sa
force, en pleine figure du Prussien.

Le colonel, affolé, leva la main, et l'homme, pour la seconde fois,
lui cracha par la figure.

215 Tous les officiers s'étaient dressés et hurlaient des ordres en
même temps.

En moins d'une minute, le bonhomme, toujours impassible,
fut collé contre le mur et fusillé, alors qu'il envoyait des sourires
à Jean, son fils aîné ; à sa bru et aux deux petits, qui regardaient,
220 éperdus[1].

1. **Éperdus :** violemment troublés, émus ; égarés (sens figuré).

Clefs d'analyse

Action et personnages

1. Où se situe la « situation initiale » du récit ?

2. Comment s'articulent le début du texte et le début effectif du récit ?

3. Placez les événements sur un axe temporel. Peut-on avoir une idée de la durée totale des événements du récit ?

4. Combien de meurtres sont véritablement évoqués ?

5. Selon quel point de vue (ou focalisation) les événements sont-ils rapportés ?

6. Que sait-on des personnages ?

7. Analysez le portrait de Milon. Quel procédé est employé par Maupassant à plusieurs reprises pour le caractériser ? Commentez l'effet produit.

8. Par quels différents appellatifs est désigné le personnage éponyme tout au long de la nouvelle ?

Langue

9. Analysez les différentes occurrences du pronom « on » dans le début de la nouvelle, jusqu'à « s'assirent en face de lui » (l. 59).

10. En vous appuyant sur des verbes du texte, expliquez les différentes valeurs de l'imparfait.

11. Relevez dans le texte un exemple de discours indirect libre et justifiez son emploi.

Genre ou thèmes

12. « ...paysan cupide et patriote aussi » (l. 119) : établissez les champs sémantiques se rapportant à la « patrie » et à la « cupidité », puis recherchez dans le texte les champs lexicaux correspondants.

13. Les différents meurtres sont-ils évoqués de manière réaliste ? Justifiez votre réponse.

14. Analysez les effets de symétrie entre la première page et les dernières lignes de la nouvelle : quel effet veut créer Maupassant ?

15. Sur quelle tonalité ce texte se termine-t-il ? Pour répondre, cherchez le mot « éperdu » (l. 220) dans un dictionnaire.

Écriture

16. « Le pays fut terrorisé. » (l. 41). Imaginez le récit que l'un des membres de la famille ferait aux autres d'un épisode de la guerre.

17. Le père Milon a réussi à échapper aux Prussiens et il témoigne, après la guerre : imaginez son récit en tenant compte de l'impression qu'il veut donner.

18. Vous avez été témoin d'une scène traumatisante par sa violence ou sa gravité : racontez.

Pour aller plus loin

19. La « résistance » : cette notion a-t-elle une définition politique ? À quoi ce mot renvoie-t-il pour vous ?

20. Peut-on dire que le père Milon est un résistant ? Confrontez votre impression aux définitions que vous avez trouvées.

✳ À retenir

Le récit est ici encadré, c'est-à-dire que l'action est rapportée au sein d'un autre récit, qui la prépare, l'annonce et la justifie. Ainsi, les actes du père Milon sont rapportés dans une scène se déroulant longtemps après, au même endroit, et dont les personnages sont les témoins de l'histoire principale.

Cette forme narrative permet à Maupassant de montrer les traces durables qu'a laissées la guerre dans le pays. Le récit s'arrête sur une chute sans retour à la situation-cadre : c'est le mur qui établit le lien entre le présent et le souvenir, soulignant symboliquement le traumatisme laissé par l'occupation.

Auteur et genre

Complétez le paragraphe suivant en utilisant les éléments de la liste (attention, tous ne sont pas utiles).

1893 – 1850 – 1870 – 1880 – Les Soirées de Médan – Nana – Récits de guerre – nouvelle – histoire vraie – anecdote – manifeste – pamphlet – éloge – réaliste – romantique – naturaliste – Flaubert – Balzac – Hugo – Zola – Alsace – région parisienne – Normandie – Bretagne – la guerre de 1870 – la Commune de 1871 – anecdotiques – majeurs – plaisants – dramatiques – tragiques – presse – journal – anthologie – épisode – chapitre – feuilleton – Avranches – Fécamp – Rouen – Paris – Strasbourg – syphilis – variole – tuberculose

Avez-vous bien lu ?

Maupassant a écrit *Boule de suif* en ; cette était incluse dans un recueil collectif, , qui a passé à l'époque pour un du mouvement Maupassant a été encouragé dans sa vocation par deux écrivains très importants, l'un réaliste, , l'autre naturaliste, Beaucoup de nouvelles de Maupassant se situent en ,et lui-même est né à , en Il luttera toute sa vie contre la , qu'il a contractée jeune, et qui entraînera des troubles mentaux et physiques dont il meurt en Les autres nouvelles de ce recueil évoquent le même événement, , dont elles présentent des aspects

À l'époque où écrit Maupassant, les écrivains écrivent dans des soit des nouvelles, soit des romans, en

Le contexte

1. Quelle est la date de publication de *Boule de suif* ?
☐ 1870. ☐ 1880. ☐ 1890.

2. Quel écrivain est mort l'année de cette publication ?
☐ Flaubert. ☐ Zola. ☐ Hugo.

3. Pendant la guerre de 1870, Maupassant a...
☐ déserté. ☐ combattu sur le front.
☐ travaillé à l'intendance. ☐ été démobilisé.

4. Pendant la guerre de 1870, Maupassant avait...
☐ 20 ans. ☐ 30 ans. ☐ 40 ans.

5. Les récits de ce recueil sont des...
☐ fables. ☐ contes.
☐ nouvelles. ☐ faits divers.

6. La guerre de 1870 a été déclarée par...
☐ la France. ☐ la Prusse.
☐ l'Angleterre. ☐ l'Espagne.

7. Cette guerre a été gagnée par...
☐ la France. ☐ la Prusse.
☐ l'Angleterre. ☐ les États-Unis.

8. Le naturalisme est un mouvement initié par...
☐ Flaubert. ☐ Zola. ☐ Hugo. ☐ Maupassant.

La narration

1. Le récit de *Boule de suif* est fait selon un point de vue...
☐ interne : nous voyons les événements par les yeux de Boule de suif.
☐ externe : nous ne connaissons pas les opinions et les sentiments des personnages.
☐ omniscient : le narrateur rend compte des sentiments de plusieurs personnages.

2. Attribuez aux nouvelles la situation initiale qui convient à chacune ; la même situation peut convenir à plusieurs, et certaines peuvent ne convenir à aucune.

Situation initiale	Nouvelle
Paris est bloqué pendant l'occupation prussienne.
En Normandie, pendant l'occupation prussienne.
Rouen est occupée par les Prussiens.
Paris est le lieu d'affrontements entre Prussiens et Français.
Les Prussiens avancent vers la Normandie.
Les Prussiens arrivent sur Paris.
En Normandie, après la fin de la guerre.

3. Complétez ce résumé de *Boule de suif*.

En , pendant l'occupation , un groupe composé de personnes veut quitter Ils prennent une qui doit les emmener En chemin, ils sont arrêtés par et doivent séjourner dans une Ils peuvent enfin repartir, un matin, après que Dans la diligence, chante pour les autres passagers et peut-être aussi, pour Boule de suif.

4. Sur combien de temps se déroule l'action de *Boule de suif* ?

☐ Un jour. ☐ Trois jours. ☐ Cinq jours. ☐ Une semaine.

Les personnages

1. **Pour chaque héros, choisissez dans la liste suivante les adjuvants – ceux qui les aident ou les soutiennent – et les opposants – ceux qui provoquent leur malheur ou y sont indifférents.**

Les religieuses – le comte et la comtesse Hubert de Bréville – Cornudet – M. et Mme Carré-Lamadon – M. et Mme Follenvie – M. et Mme Loiseau – l'officier prussien (plusieurs occurrences) – le major, comte de Farlsberg – le marquis Wilhem d'Eyrik – le curé – M. Sauvage – le colonel français – le colonel Ratier – le colonel prussien – le capitaine prussien.

Adjuvants	Héros	Opposants
....................	Boule de suif
....................	Rachel
....................	M. Morissot
....................	Walter Schnaffs
....................	Le père Milon

2. L'art de la caricature : associez les personnages suivants aux caractérisations proposées.

l'une des religieuses de la diligence •
(Boule de suif)

M. Loiseau *(Boule de suif)* •

le père Milon •

l'aubergiste, M. Follenvie •
(Boule de suif)

Boule de suif •

• « grasse à lard, avec des doigts bouffis, étranglés aux phalanges, pareils à des chapelets de courtes saucisses »

• « un ventre en ballon surmonté d'une face rougeaude entre deux favoris »

• « une face défoncée par la petite vérole comme si elle eût reçu à bout portant une bordée de mitraille en pleine figure »

• « de grandes mains pareilles à des pinces de crabe »

• « râlant comme une locomotive crevée »

3. Quel est le vrai nom de *Boule de suif* ?

☐ Élisabeth Rousset.
☐ Mme d'Étrelles.
☐ Marguerite Loiseau.

4. Qu'est-ce qui justifie son surnom ?

..
..
..
..
..

5. Associez les personnages suivants aux statuts sociaux proposés, puis numérotez-les selon leur rang social.

Cornudet •
(Boule de suif)

• Mercier

M. Carré-Lamadon •
(Boule de suif)

• « démoc » sans profession

M. Sauvage •
(Deux Amis)

• horloger

M. Morissot •
(Deux Amis)

• marchand de vin

Hubert de Bréville •
(Boule de suif)

• comte gouverneur de province

M. Loiseau •
(Boule de suif)

• bourgeois propriétaire de filatures de coton

M. Ratier •
(L'Aventure de Walter Schnaffs)

• aubergiste

le père Milon •

• marchand de drap, colonel de la garde nationale

M. Follenvie •
(Boule de suif)

• paysan

 # Le thème de la guerre

1. Définissez chacun des termes suivants et associez-les quand c'est possible à des personnages de l'œuvre.

Témérité : ...

...

Bravoure : ...
...

Résistance : ..
...

Inconscience : ...
...

Bravade : ..
...

2. Qui prononce ces phrases sentencieuses dans *Boule de Suif* ?

la vieille religieuse • • « La guerre est une barbarie quand on attaque un voisin paisible ; c'est un devoir sacré quand on défend la patrie. »

le comte • • « la haine de l'Étranger arme toujours quelques Intrépides prêts à mourir pour une Idée. »

Cornudet • • « Quand il y a des gens qui font tant de découvertes pour être utiles, faut-il que d'autres se donnent tant de mal pour être nuisibles ! Vraiment, n'est-ce pas une abomination de tuer des gens, qu'ils soient Prussiens, ou bien Anglais, ou bien Polonais, ou bien Français ? »

le narrateur • • « Une action blâmable en soi devient souvent méritoire par la pensée qui l'inspire. »

Mme Follenvie • • « Il ne faut jamais résister aux gens qui sont les plus forts. »

Langue et expression

1. Complétez le tableau (certaines colonnes peuvent rester vides, d'autres peuvent accueillir plusieurs mots).

substantif	verbe	adjectif	adverbe
invasion
haine
courage
roman
dédain

2. Complétez le tableau (un antonyme ou un synonyme est toujours de même nature que le terme proposé).

	synonyme	antonyme
infamie
dignité
opulent
exécrer
commisération
tacite
grivois
condescendance
magnanime

 En savoir plus sur : **www.petitsclassiqueslarousse.com**

POUR
APPROFONDIR

Thèmes et prolongements

❖ La nouvelle réaliste au XIXe siècle

« Nouvelles de guerre » : c'est ainsi qu'on a caractérisé les textes qui sont présentés dans ce recueil. Cependant, ils ont tous été publiés séparément, *Boule de suif* dans le recueil collectif des *Soirées de Médan*, les autres d'abord dans la presse, puis dans des recueils auxquels certains donnent leur titre, comme *Mademoiselle Fifi* ou *Le Père Milon*.

Quelle est l'unité de ces textes dans l'œuvre de Maupassant ?

Les regroupements thématiques de ces textes n'ont pas été opérés par Maupassant, et l'unité de l'œuvre réside en fait dans les choix structurels qui commandent l'écriture narrative : brièveté, souci du réel, tension dramatique. Or, ce sont là les trois traits caractéristiques de la nouvelle.

Maupassant a donc exploré deux genres : le roman et la nouvelle. Au sein de la nouvelle, on peut distinguer deux registres différents, le fantastique et le réalisme.

Qu'est-ce qu'une nouvelle ?

La nouvelle est un genre narratif spécifique, différent du roman par sa longueur, mais aussi par son unité d'intrigue et de sujet, et différent du conte, par son rejet du merveilleux.

Le genre s'épanouit au XIXe siècle, et se distingue progressivement des autres genres narratifs courts que sont le conte, la chronique et la fable. Maupassant hésite entre les appellations et utilise souvent le terme de « conte » pour qualifier certaines de ses nouvelles, sans doute pour insister sur la valeur morale qu'on peut tirer du récit. Le terme de « chronique » lui permet d'orienter le lecteur sur la voie de l'anecdote contemporaine, du croquis social. Il est parfois difficile de comprendre ce qui détermine le choix de tel ou tel terme, leur emploi étant, chez les écrivains, éditeurs ou critiques de l'époque, souvent indifférencié.

Le mot « nouvelle » nous vient d'Italie, et apparaît au XIVe siècle. Il désigne un récit sérieux ou plaisant, toujours bref, rapportant une

expérience humaine. Par là, il prétend à une certaine vérité, ce qu'on a appelé le « vraisemblable », c'est-à-dire ce qui pourrait être vrai même s'il ne l'est pas. Par exemple, il est vraisemblable qu'un officier allemand en 1870 use du chantage pour obtenir les faveurs d'une prostituée, mais il serait invraisemblable qu'une fée ou un démon intervienne dans l'histoire ! Le conte, à l'inverse, est une « histoire contée », dont le but est de surprendre et d'enchanter : il se permet toutes les invraisemblances et toutes les extravagances.

Conte et nouvelle peuvent se rejoindre cependant quand une nouvelle rapporte une aventure tellement extraordinaire qu'on doute de sa réalité. Ainsi du dénouement étonnamment heureux de *Mademoiselle Fifi* (un mariage digne d'un conte de fées) ou des péripéties fantaisistes de *L'Aventure de Walter Schnaffs*. La frontière avec le conte est également très mince lorsque la nouvelle cherche à susciter une impression de « vérité générale » pour faire réfléchir ou rêver le lecteur. Ainsi *Deux Amis*, dont le titre évoque le thème universel de l'amitié (en renvoyant d'ailleurs le lecteur au souvenir d'un conte de Diderot, intitulé *Les Deux Amis de Bourbonne*) et qui baigne, malgré la référence à la guerre de 1870, dans une atmosphère presque atemporelle.

La nouvelle réaliste au XIXᵉ siècle

L'âge d'or que connaît le genre au XIXᵉ siècle répond au goût du public de l'époque pour la brièveté et le suspense. L'instruction, l'éducation et la diffusion industrielle du livre permettent à un nombre plus grand de lecteurs d'accéder à la littérature.

La variété des sujets correspond à la diversité des lecteurs, dont les attentes et les centres d'intérêt diffèrent selon leur milieu social, leur âge, leur sexe, etc., de là le panel très large des sous-genres de la nouvelle : nouvelles policières, exotiques, historiques, sentimentales, poétiques, humoristiques, anecdotiques...

Dans cet ensemble, la nouvelle réaliste constitue un genre à part entière, dans la mesure où elle se rattache au mouvement réaliste de l'époque, marqué par des auteurs comme Balzac, Flaubert ou Maupassant.

Pour approfondir

✤ Le traumatisme du conflit de 1870

La guerre a constitué un traumatisme pour toute la « génération de 1870 ». À ce choc s'ajoute le ressentiment envers les dirigeants, car la guerre a été déclarée par la France, ainsi que le désarroi individuel, car la guerre frappe rudement une jeunesse alors portée à de grandes espérances du fait des évolutions politiques et des progrès techniques...

Les événements

Les ambitions impérialistes de Bismarck, chef de la Confédération germanique, sont à l'origine de la guerre franco-prussienne. Bismarck attaque l'Autriche, qui est vaincue en 1866, puis favorise la candidature du prince Léopold de Hohenzollern-Sigmaringen, petit-fils du roi de Prusse, à la succession d'Espagne. La France s'inquiète de ces ambitions, et un parti de la guerre se forme autour de l'impératrice Eugénie, épouse de Napoléon III... Bismarck, en changeant légèrement les termes de la « dépêche d'Ems » (dans laquelle le roi de Prusse refusait de garantir qu'il ne serait pas candidat à cette succession), la rend insultante pour la France. La réaction du parti formé autour de l'impératrice Eugénie est immédiate. La guerre est donc déclarée par la France le 19 juillet 1870, contre l'avis de Thiers et de Gambetta. Les événements donneront raison à leur prudence...

En effet, l'armée française, mal préparée, s'incline rapidement devant l'armée prussienne, entraînée depuis de longs mois au conflit : un mois suffit aux Prussiens pour percer les lignes de défense et envahir l'Alsace et la Lorraine, le 2 août 1870.

Or, à cette défaite militaire s'ajoute l'effondrement politique de l'Empire français. Le 4 septembre, la République est proclamée, mais elle poursuit la guerre. L'armistice, signé en janvier 1871 par Thiers, futur président de la République, oblige le pays à de lourds sacrifices. Les conditions de vie de la population française sont très difficiles et nourrissent une « haine du Prussien » qu'on verra resurgir en 1914.

Le traumatisme de la guerre sera encore aggravé par les événements de la Commune, révolution populaire parisienne réprimée dans le sang par l'armée.

La réaction des écrivains

Point commun de toutes les réactions d'écrivains : l'impression d'un effondrement national, d'un affaissement de toutes les certitudes. Hugo nomme 1870 « l'année terrible » et en fait le titre d'un très long poème à la fois épique et lyrique, dont la structure suit l'ordre chronologique des événements ; concernant la capitulation, il écrit ces vers :

« Ô peuple, et ce sera le frisson de l'histoire

De voir à tant de honte aboutir tant de gloire ! »

Le dernier vers de ce très long poème cherche à peindre le sentiment général :

« Tu me crois la marée et je suis le déluge. »

Comprenons que le choc est tel pour les Français qu'il semble une apocalypse, une destruction totale.

De nombreux écrivains témoignent, dans les années qui suivent la guerre, des souffrances terribles d'une armée décimée en quelques semaines. Ainsi Zola, dans *La Débâcle*, publié en 1892, dresse un tableau poignant de la guerre. Ici, le réalisme est un vecteur d'émotion et de pathétique, tant la description plonge dans les détails atroces des combats, comme dans ce passage décrivant l'entrée de l'hôpital de guerre : « Et, au pied des morts, pêle-mêle, des jambes et des bras coupés s'entassaient aussi, tout ce qu'on rognait, tout ce qu'on abattait sur les tables d'opération, le coup de balai de la boutique d'un boucher, poussant dans un coin les déchets, la chair et les os. »

Pour approfondir

Combats de rue pendant la guerre franco-prussienne de 1870,
peinture de Paul-Louis Grolleron, Musée de l'Armée, Paris.

Illustration de François Thévenot pour *Boule de suif*, gravure sur bois
d'A. Romagnol pour l'édition de 1897,
Bibliothèque nationale de France, Paris.

✣ La guerre, thème satirique

> La guerre de 1870 a profondément ébranlé les esprits et a alimenté un courant de pensée pacifiste et antimilitariste dévaluant l'armée et son idéal, l'héroïsme.

Une hiérarchie militaire déconsidérée

Maupassant se montre très virulent envers les chefs d'armée de tous bords, dont il montre le mépris envers les populations civiles. Ainsi, dans *Boule de suif*, les « officiers des chasseurs » français sont mis sur le même plan que les « officiers de hussards bleus » prussiens.

Et il n'est pas le seul... Les titres de certaines œuvres illustrent ce propos critique : *Les Sous-offs*, roman de Lucien Descaves (1889), ou encore *Sac au dos*, nouvelle de Joris-Karl Huysmans publiée dans *Les Soirées de Médan* (1880), dont le titre souligne le fossé qui existe entre le simple soldat et les officiers.

Des héros qu'on n'admire plus

Le romancier du XIX^e siècle en général « tue les héros » : c'est la revendication de Zola dans son essai littéraire, *Les Romanciers naturalistes*. Pourquoi ? Parce que l'écrivain remet en question leurs motivations, montre leurs doutes et leurs hésitations, s'attarde sur leurs lâchetés et qualifie leurs idéaux d'illusions.

Déjà en 1839, dans *La Chartreuse de Parme*, Stendhal se moque des illusions de son jeune personnage, Fabrice del Dongo, qui, plongé dans une bataille où il ne « comprenait rien du tout », s'émerveille de voir de près les combats : « J'ai vu le feu ! se répétait-il avec satisfaction ». L'ironie, amusée chez Stendhal, se fait plus grinçante chez Maupassant, qui épingle la fausse victoire des gardes nationaux à la fin de *L'Aventure de Walter Schnaffs*.

Les « revanchards »

Mais il est difficile d'être pacifiste dans un climat de défaite ; l'heure est à la glorification des morts et des blessés, à la préparation de la ven-

Pour approfondir

geance : les textes revanchards pullulent, les caricatures de Prussiens rivalisent d'agressivité et des hommes politiques s'emparent du thème pour rassembler les Français. Ainsi, Paul Déroulède, partisan du général Boulanger (qu'on appellera le général « La Revanche »), publie des *Chants patriotiques* qui exaltent l'armée et ses valeurs, la bravoure, voire le sacrifice, comme dans ces vers, publiés en 1872 :

« La Mort n'est rien. Vive la tombe,
Quand le pays en sort vivant. »

L'élaboration d'une pensée pacifiste

Face à ces propos enflammés et en réaction à l'utilisation politique qui en est faite, quelques écrivains s'engagent dans la voie du pacifisme. Ils prennent pour modèles les penseurs des Lumières : Voltaire par exemple, qui, dans *Candide,* caractérise les conflits comme absurdes et sanglants – c'est une « boucherie héroïque » qui frappe d'effroi le héros du conte –, ou d'Alembert et Diderot qui dirigent *L'Encyclopédie*. Lesquels prenaient eux-mêmes exemple sur des penseurs antérieurs, de l'Antiquité au xviie siècle, s'inspirant de toute une tradition de pensée qui évaluait les rois à l'aune du bonheur et de la tranquillité des peuples. Un roi « sage » est un roi qui sait instaurer la paix sur ses territoires ; le conquérant n'est admirable, dans l'Antiquité, que s'il réconcilie les populations entre elles.

Les convictions pacifistes de Maupassant ne font pas de doute à la lecture des nouvelles de ce recueil, et dans un article sur cette question, il propose par exemple de « juger » « les gouvernants après chaque guerre déclarée » (*Le Gaulois*, 1881).

Ces propos dépassent largement le seul conflit de 1870, et les nouvelles, à partir de faits ponctuels, évoquent les drames qui accompagnent toutes les guerres : la peur du combattant dans *L'Aventure de Walter Schnaffs*, l'étouffement des populations occupées dans *Boule de suif* ou *Deux Amis*, la violence même de l'occupation, dans *Mademoiselle Fifi* ou *Le Père Milon*.

Les conflits du xxe siècle nourriront ensuite un courant de pensée pacifiste, voire antimilitariste, très important aujourd'hui dans la société.

Pour approfondir

✦ La prostituée

> Deux des cinq nouvelles de ce recueil ont pour héroïnes des prosti-
> tuées. L'œuvre de Maupassant dans son ensemble leur donne très
> souvent la première place, et ce dès ses débuts littéraires : en 1881,
> Maupassant publie un recueil intitulé *La Maison Tellier*, du nom d'une
> maison close.

Un personnage littéraire au XIXe siècle

Qu'elles soient courtisanes dans la haute société ou vulgaires « filles
de noces », les prostituées hantent romans, poèmes, nouvelles,
tableaux et chansons de l'époque. On peut expliquer ce phénomène
par une tendance générale chez les artistes à la peinture sociale. En
ce sens, la prostituée a sa place dans ce tableau, parmi les ouvriers,
les commerçants, les artistes, les employés, etc.

Mais on peut évoquer aussi la fascination sensuelle qu'exerce la
prostituée. Des poètes, comme Baudelaire, chantent sa beauté
mêlée de danger et de vice, et interrogent les relations complexes
qui unissent les artistes à cet univers mystérieux. Ils prolongent ainsi
un thème déjà présent dans la littérature du XVIIIe siècle, avec en par-
ticulier *Manon Lescaut*, roman de l'abbé Prévost.

Chez Maupassant, la prostituée est à la fois une femme « comme
une autre », à laquelle il cherche en quelque sorte à donner une
existence, sinon une dignité sociale – à une époque où les préjugés
sociaux se doublent d'une atmosphère très répressive en matière de
morale –, et une femme « à part », mystérieuse, libre, marginale, et
presque toujours entière et passionnée.

Une figure de la condition de la femme au XIXe siècle

Transformations de la vie urbaine, difficultés économiques, bou-
leversements sociaux rendent la vie des femmes au XIXe siècle très
difficile. Sous l'Ancien Régime, la stabilité des structures sociales
la protégeait – la femme noble ne travaillait pas, la paysanne tra-
vaillait dans le cadre familial. Le développement de la bourgeoisie

Pour approfondir

appelle de nombreuses jeunes filles des milieux populaires à devenir domestiques, loin de leurs familles, et le développement industriel nécessite les bras des femmes... et des enfants, pour des salaires misérables. Dans *Les Misérables*, Hugo peint ainsi le destin tragique de Fantine, poussée à la prostitution par la misère car son patron l'a renvoyée pour « immoralité » parce qu'elle avait un enfant, Cosette. Les droits de la femme n'ont par ailleurs pas progressé. À la Révolution, les tentatives de Condorcet, et surtout d'Olympe de Gouges – qui fut guillotinée – de faire admettre les droits de la « citoyenne », sont restées lettre morte. Au début du XIXe siècle, le Code Napoléon se révèle encore plus dur, en ne pénalisant l'adultère que lorsqu'il est commis par la femme, dont il réaffirme l'infériorité naturelle. Tout au long du XIXe siècle, la femme mariée, souvent contre sa volonté, selon les contraintes ou ambitions financières de ses parents, ne peut disposer librement d'un salaire.

De sorte que la prostituée symbolise une indépendance dangereuse : méprisée certes, mais maîtresse de son argent, comme Boule de suif. Les écrivains de l'époque peignent donc la condition féminine, montrant ainsi que le sujet commence à intéresser la société – la femme est aussi une lectrice.

La prostituée, emblème de la modernité

Incarnant la nouvelle vie urbaine, le mystère des cafés et des milieux d'artistes, parisiens surtout, la prostituée devient une figure emblématique de la modernité. Ses paradoxes, entre séduction sensuelle et froideur mercantile, misère et luxe, souffrance et plaisir, en font un symbole de la ville moderne, où se côtoient effectivement la plus grande misère et le luxe le plus tapageur.

Au XIXe siècle, et jusqu'en 1945, le pouvoir politique préfère réglementer la prostitution que l'interdire ; les maisons closes sont fort nombreuses, environ 200 à Paris par exemple, et elles font partie intégrante de la vie sociale. Ce n'est qu'au lendemain de la Seconde Guerre mondiale qu'une ancienne résistante, Marthe Richard, fait voter une loi ordonnant leur fermeture.

✧ La satire sociale

Le point de vue de Maupassant sur la société est foncièrement négatif. Lui-même se disait « anarchiste bourgeois » : n'appartenant pas au monde populaire, il a refusé, avec énergie et parfois avec férocité, de se plier aux convenances et aux préjugés de sa classe.

Un genre ancien

La satire est une très vieille tradition... Le mot vient de la *satura*, un genre latin, pièce de théâtre ou récit qui évoquait les vices et les malheurs de la société. Le rire de la satire est une prise de conscience : par elle, on se libère des oppressions politiques, des violences sociales, des mensonges intellectuels.

Au Moyen Âge, la satire s'exprime dans les fabliaux qui prennent pour cible le clergé et ses travers, ou encore les femmes et les comportements amoureux. La farce, avec ses personnages stéréotypés et hauts en couleur, épingle aussi les tares de la société. Au XVIIe siècle, Molière reprend le genre de la farce satirique, ridiculisant médecins pédants, bourgeois avares, maris jaloux...

Les moyens de la satire

La satire doit atteindre sa cible le plus vite et le plus violemment possible. Elle utilise pour cela la caricature, l'exagération, les effets visuels : les portraits de Maupassant évoquent le ventre rebondi des bourgeois, emblème de cupidité et de lâcheté, la raideur des gestes des Prussiens, la maigreur déformée du paysan avare...

Le discours est un autre outil de la satire. En donnant la parole à ses personnages, Maupassant exhibe leur méchanceté, leur violence ou leur hypocrisie : ton raide des Prussiens, fait d'ordres et de cris, douceur mielleuse des discours des compagnons de Boule de suif... Souvent, pour rendre plus frappant le discours de ses personnages, Maupassant transcrit même les accents, conserve les fautes de langage : le « Che ne feux pas » de l'officier prussien, le « j'm'en r'pens point » de Milon.

Pour approfondir

Le style très sobre de Maupassant est un atout pour la satire : aux longues descriptions de Zola ou de Balzac, il préfère le trait rapide, qui tend à la caricature sans pour autant verser dans la facilité. Ce sont de petits détails réalistes qui vont choquer le lecteur, ainsi de ces éperons du Prussien qui, dans *Mademoiselle Fifi*, ravagent les meubles, ou des adverbes discrets, soulignant par exemple dans *Boule de suif* que l'occupant était « parfois bien élevé »...

Les cibles de la satire

Dans l'ensemble de l'œuvre de Maupassant reviennent toujours les mêmes « haines » : l'hypocrisie du langage bourgeois et la lâcheté des élites (dans *Boule de suif* par exemple), et une brutalité largement distribuée (française dans *Le Père Milon*, prussienne dans *Mademoiselle Fifi*).

De ce point de vue, le pessimisme de Maupassant rejoint celui de Zola : les naturalistes, à l'encontre de l'idéalisme romantique, considèrent que l'homme est dominé par ses sens. Aucune catégorie sociale ne le met au-dessus de ses instincts : toutes ont leurs défauts. Cependant, le trait du nouvelliste est plus mordant envers des bourgeois comme les Loiseau qu'envers un marginal comme Cornudet. Les petites gens sont capables, chez Maupassant, d'une sincérité et d'une grandeur qu'eux-mêmes ne soupçonnent pas : patriotisme de Boule de suif ou de Rachel (*Mademoiselle Fifi*), courage de deux petits employés *(Deux Amis)*. Dans *L'Aventure de Walter Schnaffs*, Maupassant pousse le trait jusqu'à attirer la sympathie sur un simple soldat prussien.

Les nouvelles de ce recueil peignent ainsi moins l'horreur de la guerre et de l'occupation que la bassesse ou le ridicule des comportements qu'elle a entraînés. Tout ce qui fait l'honneur de la guerre et des combattants est tourné en dérision : les Prussiens désœuvrés s'en prennent à des théières, les gardes nationaux prennent un soldat égaré pour une armée, même la résistance de Milon et de Rachel semblent relever davantage d'une impulsion brutale que d'un élan patriotique.

Pour approfondir

Textes et images

❖ Réalisme et naturalisme

Les principaux mouvements artistiques et culturels du xixᵉ siècle sont le romantisme, mené par Hugo, et le réalisme, marqué par Balzac et Flaubert. Le naturalisme, qui procède également de la volonté de rendre compte le plus fidèlement possible de la réalité, prolonge le réalisme en lui ajoutant une ambition « scientiste ».

Documents :

❶ Extrait du *Rouge et le Noir*, de Stendhal

❷ Extrait de *Madame Bovary*, de Gustave Flaubert

❸ Extrait d'*Une Vie*, de Guy de Maupassant

❹ *Enterrement à Ornans*, dessin de Gustave Courbet, 1849

❺ *Olympia*, peinture d'Édouard Manet, 1863

❻ *Couple*, dessin de Constantin Guys, xixᵉ siècle

Pour approfondir

❶ La petite ville de Verrières peut passer pour l'une des plus jolies de la Franche-Comté. Ses maisons blanches avec leurs toits pointus de tuiles rouges s'étendent sur la pente d'une colline, dont des touffes de vigoureux châtaigniers marquent les moindres sinuosités. Le Doubs coule à quelques centaines de pieds au-dessous de ses fortifications, bâties jadis par les Espagnols, et maintenant ruinées.

Verrières est abritée du côté du nord par une haute montagne, c'est une des branches du Jura. Les cimes brisées du Verra se couvrent de neige dès les premiers froids d'octobre. Un torrent, qui se précipite de la montagne, traverse Verrières avant de se jeter dans le Doubs, et donne le mouvement à un grand nombre de scies à bois ; c'est une industrie fort simple et qui procure un certain bien-être à la majeure partie des habitants plus paysans que bourgeois. Ce ne sont pas cependant les scies à bois qui ont enrichi cette petite ville. C'est à la fabrique des toiles peintes, dites de Mulhouse, que l'on doit l'aisance générale qui, depuis la chute de Napoléon, a fait rebâtir les façades de presque toutes les maisons de Verrières.

À peine entre-t-on dans la ville que l'on est étourdi par le fracas d'une machine bruyante et terrible en apparence. Vingt marteaux pesants, et retombant avec un bruit qui fait trembler le pavé, sont élevés par une roue que l'eau du torrent fait mouvoir. Chacun de ces marteaux fabrique, chaque jour, je ne sais combien de milliers de clous.

Stendhal, *Le Rouge et le Noir*, 1830.

2 Elle songeait quelquefois que c'étaient là pourtant les plus beaux jours de sa vie, la lune de miel, comme on disait. Pour en goûter la douceur, il eût fallu, sans doute, s'en aller vers ces pays à noms sonores où les lendemains de mariage ont de plus suaves paresses ! Dans des chaises de poste, sous des stores de soie bleue, on monte au pas des routes escarpées, écoutant la chanson du postillon, qui se répète dans la montagne avec les clochettes des chèvres et le bruit sourd de la cascade. Quand le soleil se couche, on respire au bord des golfes le parfum des citronniers ; puis, le soir, sur la terrasse des villas, seuls et les doigts confondus, on regarde les étoiles en faisant des projets. Il lui semblait que certains lieux sur la terre devaient produire du bonheur, comme une plante particulière au sol et qui pousse mal autre part. Que ne pouvait-elle s'accouder sur le balcon des chalets suisses ou enfermer sa tristesse dans un cottage écossais, avec un mari vêtu d'un habit de velours noir à longues basques, et qui porte des bottes molles, un chapeau pointu et des manchettes !

Peut-être aurait-elle souhaité faire à quelqu'un la confidence de toutes ces choses. Mais comment dire un insaisissable malaise, qui change d'aspect comme les nuées, qui tourbillonne comme le vent ? Les mots lui manquaient donc, l'occasion, la hardiesse.

Si Charles l'avait voulu cependant, s'il s'en fût douté, si son regard, une seule fois, fût venu à la rencontre de sa pensée, il lui semblait qu'une abondance subite se serait détachée de son cœur, comme tombe la récolte d'un espalier, quand on y porte la main. Mais, à mesure que se serrait davantage l'intimité de leur vie, un détachement intérieur se faisait qui la déliait de lui.

Textes et images

La conversation de Charles était plate comme un trottoir de rue, et les idées de tout le monde y défilaient, dans leur costume ordinaire, sans exciter d'émotion, de rire ou de rêverie.

Gustave Flaubert, *Madame Bovary*, 1857.

3 Jeanne, ayant fini ses malles, s'approcha de la fenêtre mais la pluie ne cessait pas.

L'averse, toute la nuit, avait sonné contre les carreaux et les toits. Le ciel bas et chargé d'eau semblait crevé, se vidant sur la terre, la délayant en bouillie, la fondant comme du sucre. Des rafales passaient, pleines d'une chaleur lourde. Le ronflement des ruisseaux débordés emplissait les rues désertes où les maisons, comme des éponges, buvaient l'humidité qui pénétrait au-dedans et faisait suer les murs de la cave au grenier.

Jeanne, sortie la veille du couvent, libre enfin pour toujours, prête à saisir tous les bonheurs de la vie dont elle rêvait depuis si longtemps, craignait que son père hésitât à partir si le temps ne s'éclaircissait pas et pour la centième fois depuis le matin elle interrogeait l'horizon.

Puis elle s'aperçut qu'elle avait oublié de mettre son calendrier dans son sac de voyage. Elle cueillit sur le mur le petit carton divisé par mois, et portant au milieu d'un dessin la date de l'année courante 1819 en chiffres d'or. Puis elle biffa à coups de crayon les quatre premières colonnes, rayant chaque nom de saint jusqu'au 2 mai, jour de sa sortie du couvent.

Une voix, derrière la porte, appela : « Jeannette ! »

Jeanne répondit : « Entre, papa. » Et son père parut.

Le baron Simon-Jacques Le Perthuis des Vauds était un gentilhomme de l'autre siècle, maniaque et bon. Disciple enthousiaste de J.-J. Rousseau, il avait des tendresses d'amant pour la nature, les champs, les bois, les bêtes.

Guy de Maupassant, *Une Vie*, 1883.

4

5

6

❖ Étude des textes

Savoir lire

1. Identifiez les points de vue adoptés dans ces trois textes en justifiant votre réponse.
2. Analysez et comparez l'emploi des temps dans les trois textes.
3. Qu'est-ce qui différencie la description écrite par Flaubert (texte 2) des deux autres ?

Savoir faire

4. Imaginez à la manière de Stendhal (texte 1) la description la plus objective possible de votre quartier d'habitation ou de votre ville natale.
5. Imaginez la « confidence » de Mme Bovary (texte 2) sous la forme d'une lettre écrite à une amie d'enfance.
6. Jeanne, dans le texte de Maupassant (texte 3), est impatiente. Imaginez que le mauvais temps retarde son départ ; elle reste à sa fenêtre, à regarder le paysage et à rêver. Écrivez ce passage.

❖ Étude des images

Savoir analyser

1. Décrivez la scène peinte par Courbet (doc. 4). En quoi est-ce un tableau réaliste ? Quelle impression vous fait-il ?
2. Décrivez les personnages féminins et leurs attitudes dans les deux dernières images proposées. À quel mouvement les rattachez-vous et pourquoi ?
3. À laquelle des deux figures féminines représentées penseriez-vous pour illustrer *Boule de suif* ? Expliquez votre choix.

Savoir faire

4. Imaginez la scène peinte par Courbet (doc. 4) : vous écrirez un récit au passé, intégrant des éléments descriptifs.
5. Le tableau de Manet (doc. 5) a fait scandale : imaginez le dialogue entre deux spectateurs qui auraient une réaction différente.
6. Quelle image du couple et d'une certaine société vous semble ressortir du dessin de Constantin Guys (doc. 6) ? Vous répondrez sous la forme d'un petit article de journal, destiné à accompagner le dessin.

Pour approfondir

✤ La guerre de 1870

> 1870 plonge en quelques mois le pays dans la terreur et la misère, puis l'armistice de 1871 permet aux Prussiens de s'installer dans la capitale. La défaite est amère, et l'absurdité du conflit gonfle le ressentiment des Français contre leurs dirigeants ; de là des œuvres à la fois ou tour à tour désespérées et agressives, pathétiques et critiques.

Documents :

❶ *L'Éclatante Victoire de Sarrebrück*, poème d'Arthur Rimbaud

❷ Extrait de *La Guerre*, de Guy de Maupassant

❸ Extrait du *Prussien de Bélisaire*, d'Alphonse Daudet

❹ *Napoléon le Petit. Au bagne !... Misérable !...*, estampe, caricature de Napoléon III après la défaite de Sedan

❺ *N'oublie pas*, lithographie de Jean-Adolphe Bocquin, propagande pour la revanche à la suite de la guerre de 1870

❻ *Le couronnement de son édifice*, lithographie d'Honoré Daumier pour *Le Charivari*, septembre 1870

❶ **L'Éclatante Victoire de Sarrebrück
remportée aux cris de Vive l'Empereur !**

*(Gravure belge brillamment coloriée,
se vend à Charleroi, 35 centimes)*

Au milieu, l'Empereur, dans une apothéose
Bleue et jaune, s'en va, raide, sur son dada
Flamboyant ; très heureux, – car il voit tout en rose,
Féroce comme Zeus et doux comme un papa ;

En bas, les bons Pioupious qui faisaient la sieste
Près des tambours dorés et des rouges canons,

Se lèvent gentiment. Pitou[1] remet sa veste,
Et, tourné vers le Chef, s'étourdit de grands noms !

À droite, Dumanet[2], appuyé sur la crosse
De son chassepot[3], sent frémir sa nuque en brosse,
Et : « Vive l'Empereur ! ! ! » – Son voisin reste coi...

Un schako surgit, comme un soleil noir...– Au centre,
Boquillon[4] rouge et bleu, très naïf, sur son ventre
Se dresse, et, – présentant ses derrières – : « De quoi ?... »

(Octobre 1870)

Arthur Rimbaud, *Les Cahiers de Douai*, 1870-1871.

② Quand j'entends prononcer ce mot : la guerre, il me vient un effarement comme si on me parlait de sorcellerie, d'inquisition, d'une chose lointaine, finie, abominable, monstrueuse, contre nature.
Quand on parle d'anthropophages, nous sourions avec orgueil en proclamant notre supériorité sur ces sauvages. Quels sont les sauvages, les vrais sauvages ? Ceux qui se battent pour manger les vaincus ou ceux qui se battent pour tuer, rien que pour tuer ?
[...] La guerre ! ... se battre !... tuer !... massacrer des hommes !... Et nous avons aujourd'hui, à notre époque, avec notre civilisation, avec l'étendue de science et le degré de philosophie où est parvenu le génie de l'humain, des écoles où l'on apprend à tuer, à tuer de très loin, avec perfection, beaucoup de monde en même temps, à tuer de pauvres diables d'hommes innocents, chargés de famille, et sans casier judiciaire. [...]
Aujourd'hui, la force s'appelle la violence et commence à être jugée ; la guerre est mise en accusation. La civilisation, sur la plainte

1. **Pitou :** nom symbolique du soldat naïf.
2. **Dumanet :** type du troupier ridicule (dictionnaire du XIXᵉ siècle).
3. **Chassepot :** fusil perfectionné inventé en 1866.
4. **Bocquillon :** personnage de caricature.

du genre humain, instruit le procès et dresse le grand dossier criminel des conquérants et des capitaines. Les peuples en viennent à comprendre que l'agrandissement d'un forfait n'en saurait être la diminution ; que si tuer est un crime, tuer beaucoup n'en peut être la circonstance atténuante ; que si voler est une honte, envahir ne saurait être une gloire.

Ah ! proclamons ces vérités absolues, déshonorons la guerre !

[...] Nous l'avons vue, la guerre. Nous avons vu les homme redevenus des brutes, affolés, tuer par plaisir, par terreur, par bravade, par ostentation. Alors que le droit n'existe plus, que la loi est morte, que toute notion du juste disparaît, nous avons vu fusiller des innocents trouvés sur une route et devenus suspects parce qu'ils avaient peur. Nous avons vu tuer des chiens enchaînés devant la porte de leurs maîtres pour essayer des revolvers neufs, nous avons vu mitrailler par plaisir des vaches couchées dans un champ, sans aucune raison, pour tirer des coups de fusils, histoire de rire.

Voilà ce qu'on appelle ne pas tomber dans le plus hideux matérialisme[1].

Guy de Maupassant, chronique parue dans *Le Gaulois*, 1881,
remaniée et placée en préface d'un essai de Vsevolod Garchine, 1889.

3 Je ne sais pas si c'est le voisinage du mort, mais elle m'a paru joliment triste, ce soir-là, la retraite des Prussiens. De grands coups de trompette qui sonnaient trois par trois : Ta ! ta ! ta ! Une vraie musique de crapaud. Ce n'est pas sur cet air-là que nos lignards voudraient se coucher, eux...

Pendant cinq minutes, j'entendis traîner des sabres, taper des portes ; puis des soldats entrèrent dans la cour, et ils se mirent à appeler : Hoffmann ! Hoffmann !

Le pauvre Hoffmann se tenait sous ses copeaux, bien tranquille... Mais c'est moi qui me faisais vieux !... À chaque instant je m'attendais à les voir entrer dans le sous-sol. J'avais ramassé le sabre du

1. **Tomber dans le plus hideux matérialisme :** le général Moltke reproche aux pacifistes de se préoccuper uniquement de confort matériel.

mort, et j'étais là, sans bouger, à me dire dans moi-même : « Si tu en réchappes, mon petit père... tu devras un fameux cierge à saint Jean-Baptiste de Belleville !... »

Tout de même, quand ils eurent assez appelé Hoffmann, mes locataires se décidèrent à rentrer. J'entendis leurs grosses bottes dans l'escalier et, au bout d'un moment, toute la baraque ronflait comme une horloge de campagne. Je n'attendais que cela pour sortir.

La berge était déserte, toutes les maisons éteintes. Bonne affaire. Je redescends vivement, je tire mon Hoffmann de dessous l'établi, je le mets debout, et le hisse sur mon dos, comme un crochet de commissionnaire... C'est qu'il était lourd, le brigand !... Avec ça la peur, rien dans le battant depuis le matin... Je croyais que je n'aurais jamais la force d'arriver. Puis, voilà qu'au milieu du quai je sens quelqu'un qui marche derrière moi. Je me retourne. Personne... C'était la lune qui se levait. Je me dis : « Gare, tout à l'heure... les factionnaires vont tirer. »

Pour comble d'agrément, la Seine était basse. Si je l'avais jeté là sur le bord, il y serait resté comme dans une cuvette... J'entre, j'avance... Toujours pas d'eau... Je n'en pouvais plus : j'avais les articulations grippées... Finalement, quand je me crois assez avant, je lâche mon bonhomme... Va te promener, le voilà qui s'envase. Plus moyen de le faire bouger. Je pousse, je pousse... hue donc !... Par bonheur, il arrive un coup de vent d'est. La Seine se soulève, et je sens le macchabée qui démarre tout doucement. Bon voyage ! j'avale une potée d'eau et je remonte vite sur la berge...

Quand je repassai le pont de Villeneuve, on voyait quelque chose de noir au milieu de la Seine. De loin, ça avait l'air d'un bachot[1]. C'était mon Prussien qui descendait du côté d'Argenteuil, en suivant le fil de l'eau.

<div align="right">Alphonse Daudet, Les Contes du lundi, 1873.</div>

Pour approfondir

1. **Bachot :** petite barque.

❹

NAPOLÉON LE PETIT.

AU BAGNE !.. MISÉRABLE !..

5

Pour approfondir

6

Le couronnement de son édifice.

✣ Étude des textes

Savoir lire

1. Dans le poème de Rimbaud (texte 1), relevez tous les termes qui donnent au texte sa valeur critique et caricaturale.

2. Relevez les termes qui donnent au texte de Maupassant (texte 2) une dimension politique.

Pour approfondir

3. Qu'apporte l'emploi de la première personne au texte de Daudet (texte 3) ?
4. Cet extrait de Daudet peut-il être rapproché de certains passages des nouvelles de Maupassant ? Lesquels ? Pourquoi ?

Savoir faire

5. Sur le modèle du poème de Rimbaud (texte 1), mais sous la forme de votre choix, faites la caricature d'un événement, d'un personnage important ou d'une scène (par exemple une cérémonie officielle, un défilé, une victoire militaire, etc.).
6. Réécrivez le texte 3 depuis « Le pauvre Hoffmann se tenait » jusqu'à « les factionnaires vont tirer. », en employant la troisième personne du singulier, et en faisant toutes les modifications nécessaires.

✣ Étude des images

Savoir analyser

1. Comparez la caricature représentant Napoléon III (doc. 4) et le sonnet de Rimbaud (texte 1) : montrez que sur deux épisodes diamétralement opposés (victoire/défaite), les deux artistes parviennent à exprimer des critiques comparables.
2. Comparez l'utilisation de la figure féminine dans la lithographie de Bocquin (doc. 5) à l'image de la femme dans les nouvelles de Maupassant : quels symboles utilise le peintre ? Dans quel but ?
3. Que représente exactement la caricature de Daumier (doc. 6) ?

Savoir faire

4. Cherchez dans la presse des caricatures de dirigeants pouvant être comparées à celle représentant Napoléon III (doc. 4) ; vous en choisirez une pour la présenter en quelques lignes.
5. Imaginez un discours venant en appui à la lithographie de Bocquin (doc. 5), en exploitant les symboles et les attitudes de la figure centrale.
6. Quelle nouvelle pourrait être illustrée par la caricature de Daumier (doc. 6) ? Expliquez votre choix.

Pour approfondir

Vers le brevet

Sujet 1 : *Boule de suif,*
l. 639-665, p. 46-47

Questions

I - Récit et discours

1. Délimitez précisément les parties narratives et les paroles rapportées dans ce passage, en donnant les indices qui vous ont permis de répondre.

2. Réécrivez la phrase des lignes 645-646, en remplaçant le groupe « flattée de causer avec une dame de qualité » par une proposition subordonnée.

3. Donnez la nature et la fonction de cette proposition subordonnée.

4. Quelles sont les différentes formes de discours rapporté dans ce texte ?

5. Réécrivez la réplique de M. Follenvie (l. 648-649) au discours indirect.

6. Analysez le système des temps employés dans ce texte ; vous justifierez en particulier le temps employé ligne 656-657 : « S'ils cultivaient la terre au moins, ou s'ils travaillaient aux routes dans leur pays ! »

7. Qui désigne « vous » dans le discours de Mme Follenvie ? Peut-il y avoir plusieurs réponses à cette question ? Justifiez votre réponse.

II - Le point de vue d'une femme du peuple

1. Quels sont les éléments qui soulignent l'origine populaire de Mme Follenvie ?

2. Expliquez « délicates » (l. 647) ; quelle est la connotation de cet adjectif ici ?

3. Qu'est-ce qui justifie le silence de M. Follenvie ? Quel procédé stylistique utilise Maupassant pour faire exister son personnage malgré ce silence ? Quel effet produit la figure utilisée ?

4. Repérez les arguments de Mme Follenvie justifiant sa haine des Prussiens, et expliquez-les.

5. Montrez que l'ordre de ces arguments suit une logique ascendante.

6. Relevez les termes désignant la guerre : quelle thèse sur la guerre apparaît ici ?

Réécriture

Vous réécrirez le discours de Mme Follenvie de « Et marche en avant » (l. 655), jusqu'à « massacrer » (l. 659), en employant un niveau de langue correct.

Rédaction

Écrivez la suite de ce dialogue en faisant intervenir la comtesse ; vous imaginerez les avis que ces deux femmes pourraient porter sur la guerre et les Prussiens, en respectant la différence sociale. Vous intégrerez le dialogue dans le récit.

Petite méthode pour la rédaction

• Un récit se caractérise par une histoire racontée (des personnages, dans un lieu et un temps déterminés) et un narrateur (celui qui raconte l'histoire).

• Dans un texte argumentatif, le thème est le sujet général abordé, et la thèse est l'opinion soutenue.

• Pour transposer une phrase au discours indirect, soulignez au préalable les éléments de sens principaux pour les isoler des formules d'oralité ; repérez ensuite les pronoms personnels et opérez les transpositions des pronoms de 1re et 2e personnes ; procédez enfin au travail de concordance des temps sur chaque verbe.

Questions

I - Un début de récit

1. Quel procédé contient la phrase : « Paris était bloqué, affamé et râlant. » (l. 1) ?

2. Analysez le rythme de cette phrase et ses sonorités : qu'est-ce qui rend cette ouverture particulièrement frappante ?

3. Réécrivez la deuxième phrase du texte en employant le plus-que-parfait.

4. Décomposez le mot « dépeuplaient » (l. 2) pour isoler le radical, et donnez ensuite trois substantifs de la même famille.

5. Qui désigne « on » (l. 2) ? Remplacez ce pronom par une expression équivalente.

6. Donnez la fonction grammaticale et la nature des expressions temporelles des lignes 4 à 13.

7. À quelle époque se situe le récit ?

8. Quel événement marque le début de cette histoire ? Justifiez votre réponse en vous appuyant sur les temps verbaux.

II - Les deux héros

1. Que signifie ici « confrère » (l. 7) ? Que signifie ce mot habituellement ? Pourquoi est-il employé ici ?

2. Que signifie ici « fanatique » (l. 16) ? Par quel adjectif pourrait-on le remplacer ?

3. Relevez les expressions caractérisant M. Sauvage, et classez-les en deux groupes, selon qu'elles indiquent une information ou un jugement.

III - Un éloge de l'amitié

1. Réécrivez la phrase : « Ils passaient souvent une demi-journée côte à côte, la ligne à la main et les pieds ballants au-dessus du courant ; et ils s'étaient pris d'amitié l'un pour l'autre. » en utilisant une proposition subordonnée.

2. Relevez tous les termes du champ lexical de l'amitié et classez-les suivant leur nature.

3. « ...ayant des goûts semblables et des sensations identiques » (l. 21) : quel rapport de sens y a-t-il entre les deux adjectifs ?

Réécriture

Réécrivez le passage des lignes 9 à 13 en commençant le paragraphe par « Le dernier dimanche avant la déclaration de guerre... ».

Rédaction

1. Des « goûts semblables » sont-ils indispensables à l'amitié ? Vous imaginerez sur ce sujet un dialogue entre des personnages d'avis différents.

2. Imaginez une lettre où vous expliquerez à un(e) ami(e) ce qui vous est précieux dans votre relation.

Petite méthode pour la rédaction

- Un dialogue rapporte des paroles au style direct.
- Le début et la fin du dialogue sont signalés par des guillemets.
- Les répliques sont introduites par des tirets ou par des phrases comportant un verbe introducteur qu'il faut essayer de varier (« dire » selon les cas pourra être remplacé par « répliquer », « s'écrier », « enjoindre », « commander », « conseiller », « murmurer », « tonner », « supplier », etc.).
- Des adverbes ou des groupes circonstanciels peuvent également préciser les intentions ou les attitudes des interlocuteurs.

Sujet 3 : *Le Père Milon,* l. 1-20, p. 115

Questions

I - Une entrée en matière

1. De quel type de texte (récit, description, discours) s'agit-il ? Justifiez votre réponse en relevant des indices.

2. À quel temps est écrit ce passage ? Ce temps a-t-il la même valeur partout ?

3. Transposez les deux premières phrases de ce texte au passé, en justifiant le temps employé.

4. Que sait-on de la situation spatio-temporelle au début de ce récit ?

5. Relevez les expansions nominales dans la phrase « Le doux parfum de leur épanouissement se mêle aux grasses senteurs des étables ouvertes et aux vapeurs du fumier qui fermente, couvert de poules. » (l. 9-11) et donnez leur fonction respective.

6. Recherchez dans le texte une expression exprimant la cause, et donnez-en la nature et la fonction dans la phrase.

II - L'univers paysan et son atmosphère

1. « sa flamme cuisante » (l. 1), « cette averse de feu » (l. 2) : quelle est la figure de style utilisée ? Que désignent ces expressions ?

2. Quelles couleurs apparaissent dans le premier paragraphe ? Commentez-les.

3. Par quelle image sont désignés les pommiers dans ce même paragraphe ? Expliquez son effet de sens.

4. Donnez la nature et la fonction de « courant » et de « nue » (l. 19).

III - Un portrait de paysans

1. Qui désigne les deux « on » (l. 14) ? Est-ce le même « on » qu'à la ligne 6 ?

2. Quelle impression se dégage des paysans dans le second paragraphe ?

3. Comment sont désignés les personnages et que sait-on d'eux ?

4. Proposez deux synonymes pour « contemple » (l. 18) et commentez les effets de sens spécifiques à chacun de ces trois verbes.

5. Quel mouvement suit le regard qui décrit ? Quel est l'intérêt de ce mode de présentation ?

Réécriture

 Réécrivez le passage des lignes 12 à 20 en adoptant le point de vue du père de famille et en employant la première personne.

Rédaction

 Vous décrirez à votre tour un lieu de votre choix, en imitant la focalisation et le mouvement du regard de ce texte.

Petite méthode pour la rédaction

• Un récit est fait selon un point de vue, ou « focalisation » (interne, externe ou omnisciente), choisi en fonction de la scène évoquée et de ce que l'auteur veut faire ressentir au lecteur.

• Le récit peut démarrer sur une action en cours, un dialogue, ou s'ouvrir sur un prologue qui le prépare ou un récit-cadre qui introduit et motive le récit principal. C'est le cas ici : ce passage prépare le retour en arrière sur la mort du père Milon pendant la guerre.

• Les couleurs, les objets, les éléments du décor, même s'ils semblent anodins, ont une fonction symbolique : ils annoncent implicitement l'action à venir.

❖ Autres sujets d'entraînement

Sujet 1 : *L'Aventure de Walter Schnaffs,* l. 1-22, p. 101

1. Quel est le point de vue adopté dans le texte ?

2. Conjuguez « juger » au passé simple.

3. Proposez un antonyme pour chacun des adjectifs « pacifique » et « bienveillant » (l. 4-5).

4. Que signifie « magnanime » (l. 5) ?

5. Réécrivez le texte de « se sentant » à « gros ventre. » (l. 13-15) de façon à mettre en lumière le rapport de sens exprimé.

6. Relevez les éléments caractérisant le personnage, et identifiez leur nature et leur fonction.

7. Classez ces éléments selon qu'ils donnent une idée positive ou négative du personnage selon vous.

8. Réécrivez au style direct le discours rapporté lignes 19 à 22. Nommez le type de discours employé par Maupassant et justifiez son emploi.

9. À quel temps est écrit ce texte ?

10. À quel groupe appartiennent majoritairement les verbes du texte ?

Sujet 2 : *Le Père Milon,* l. 192-220, p. 122-123

1. Quel est le point de vue adopté dans le texte ?

2. Corrigez le discours du père Milon (l. 194-198).

3. Transcrivez ce discours direct en discours indirect, en effectuant toutes les transformations nécessaires.

4. Relevez les expressions qualifiant ou caractérisant le personnage, et expliquez quelle impression dominante il produit sur le lecteur.

5. Quelle est la fonction grammaticale de « affolé » (l. 213) ? Quel sens produit ce terme dans la phrase ?

6. Comment comprenez-vous le dernier mot de la nouvelle ? Proposez-en un autre, en expliquant votre choix.

Sujet 3 : texte 1 p. 148-149, *Le Rouge et le Noir*, Stendhal

1. Comparez ce début de récit au début du *Père Milon* : notez les proximités et les différences dans les temps employés, la focalisation adoptée, les éléments décrits.

2. Analysez l'emploi du pronom « on » dans le texte.

3. Quelle attente ce début peut-il susciter chez le lecteur ? Pourquoi ?

4. Transposez le deuxième paragraphe au passé en respectant l'emploi et la concordance des temps.

5. Repérez dans le texte un synonyme de « bien-être ». Proposez-en un autre.

6. Donnez la nature et la fonction de « pesants », au début du troisième paragraphe.

Outils de lecture

Allusion : renvoi suggéré, dans un texte, à une personne, un personnage ou un événement situés en dehors de la fiction. Elle peut être explicite ou, au contraire, codée, voire implicite.

Anecdote : petite histoire présentée comme vraie, servant en général à illustrer une idée.

Burlesque : procédé littéraire qui consiste à traiter un sujet noble, ordinairement respecté, en termes vulgaires et souvent comiques, pour s'en moquer. Le burlesque est un outil de la satire.

Caricature : image déformée et exagérée d'une personne ou d'une institution, qui vise à s'en moquer ; elle mêle le comique au satirique.

Chute : conclusion frappante d'un récit. On parle d'un « effet de chute » à la fin de certaines nouvelles (ex. *Deux Amis*).

Connotation : signification que prend un mot dans un contexte particulier.

Conte : récit bref, contenant du merveilleux et/ou mettant en avant des significations symboliques ; oral à son origine, il est transcrit par des écrivains à partir du XVIIᵉ siècle (Perrault) ou, aujourd'hui, par des ethnologues.

Dramatisation : (du grec *drama*, « action ») ensemble des procédés qui renforcent la tension du récit, parmi lesquels le *suspense*, la gradation, l'alternance des temps du passé, mais aussi la disposition du texte en paragraphes, le rythme du dialogue, etc.

Ellipse : procédé par lequel un événement ou une période de l'histoire n'est pas raconté par le récit ; le lecteur est amené à l'imaginer.

Épisode : partie d'un récit correspondant à une phase de l'action, et formée d'un ensemble cohérent de péripéties.

Éponyme (personnage) : personnage dont le nom sert de titre à un texte.

Fable : récit imaginaire, contenant souvent des éléments merveilleux (animaux parlants, êtres surnaturels, etc.), qui illustre une morale explicitée ou non à la fin du texte.

Fait divers : événement de l'actualité, de peu d'importance mais souvent frappant.

Intrigue : enchaînement de faits et d'actions formant la trame d'un récit.

Ironie : procédé littéraire qui consiste à sous-entendre un jugement négatif en feignant de louer.

Narrateur : celui qui raconte l'histoire mais qui n'est pas nécessairement représenté dans le récit. Être de papier, il ne faut pas le confondre avec l'auteur qui écrit le livre (un auteur masculin peut imaginer un récit fait par une femme, par exemple).

Nouvelle : récit bref caractérisé par une tendance au réalisme et par la dramatisation de l'intrigue.

Point de vue (ou focalisation) : « angle de vue » adopté par le narrateur pour raconter l'histoire. Omniscient, il permet au narrateur de tout dire (le passé, l'avenir, les pensées des personnages) ; interne, il se limite à la perception et aux pensées d'un personnage ; externe, il se borne à enregistrer les actions vues de l'extérieur.

Portrait : type de description portant sur les individus. Souvent inséré dans un récit, il peut aussi constituer un morceau autonome. On distingue le portrait physique et le portrait moral.

Prolepse : récit anticipé d'événements à venir.

Récit-cadre et récit encadré : certains récits sont rapportés à l'intérieur d'un autre récit, par exemple le récit de la mort du père Milon est encadré par l'évocation du repas familial ; ce procédé renforce l'impression de vérité du récit.

Retour en arrière (ou analepse) : récit après coup d'un événement antérieur.

Satire : texte polémique où l'on critique les travers et les ridicules d'une société, d'un groupe ou d'une institution.

Schéma narratif : structure logique simplifiée d'un récit, comportant une situation initiale, un élément perturbateur, des péripéties, un élément de résolution et une situation finale.

Bibliographie et filmographie

Autres œuvres de Maupassant

La Maison Tellier, 1881.
> ❯ Ces nouvelles montrent des personnages de femmes, prostituées le plus souvent, confrontées au mépris social.

Une Vie, 1883.
> ❯ Ce premier roman raconte les échecs et les désillusions de Jeanne, nourrie de rêves et ignorante de la vie.

Bel-Ami, 1885.
> ❯ Ce deuxième roman peint la carrière d'un jeune arriviste, Georges Duroy, dans le milieu de la presse.

Le Horla, 1887.
> ❯ Célèbre nouvelle dont le fantastique naît davantage de l'angoisse d'un homme seul et tourmenté que d'un phénomène surnaturel.

Adaptations théâtrales et cinématographiques

Boule de suif, pièce de théâtre, d'Oscar Méténier, France, 1902.

Boule de suif, film de Mikhaïl Romm, Russie, 1934.
> ❯ Ce film confirme la renommée de Maupassant en Russie, sans doute grâce à Tourgueniev, dont il avait fait la connaissance chez Zola et qui lui écrit en 1881 : « Votre nom fait du bruit en Russie. »

Boule de suif, film de Kenji Mizoguchi, Japon, 1935.

Mademoiselle Fifi, film de Robert Wise, États-Unis, 1944.
> ❯ Ces adaptations étrangères soulignent le déficit de reconnaissance dont souffre en France l'œuvre de Maupassant.

Boule de suif, film de Christian-Jaque, France, 1946.
> ❯ Le cinéaste mêle à *Boule de suif* des éléments pris à *Mademoiselle Fifi* pour évoquer la Seconde Guerre mondiale.

Généalogie de la nouvelle

Heptaméron, *de Marguerite de Navarre, posthume, 1558.*
> ▌ Marguerite de Navarre inaugure vraiment la nouvelle, car ce sont des personnages « devisants » qui se distraient en se racontant des histoires.

Nouvelles exemplaires, *de Miguel de Cervantès, 1613.*
> ▌ L'auteur de *Don Quichotte* écrit ici un recueil de nouvelles qui font encore plus de place à la réalité historique et quotidienne.

La Princesse de Clèves, *de Madame de Lafayette, 1678.*
> ▌ Ce « roman » est considéré à l'époque comme une nouvelle, car le récit concerne un seul personnage, que le cadre en est historique et que ses événements n'en sont aucunement fabuleux.

Smarra, ou Les Démons de la nuit, *de Charles Nodier, 1821.*
> ▌ Nodier écrit des « songes romantiques » pour peindre l'imaginaire nocturne, les cauchemars, les rêves...

Séraphîta, *d'Honoré de Balzac, 1833.*
> ▌ Le fantastique de Balzac est imprégné de symbolisme et d'ésotérisme.

La Morte amoureuse, *de Théophile Gautier, 1836.*
> ▌ Influencé par Hoffmann, Théophile Gautier mêle rêve et réalité pour évoquer les mystères de l'âme humaine.

Le Double Assassinat de la rue Morgue, *d'Edgar Poe, 1841.*
> ▌ Première nouvelle « policière », qui inaugure le cycle des énigmes résolues par le personnage du chevalier Dupin.

Histoires extraordinaires et Nouvelles histoires extraordinaires, *d'Edgar Poe, 1840 et 1845.*
> ▌ Nouvelles fantastiques où se mêlent science et imagination, rationalité et surnaturel.

Contes à Ninon, *d'Émile Zola, 1864.*
> ▌ Contes fantastiques où la nature est omniprésente.

Trois Contes, *de Gustave Flaubert, 1877.*
> ▌ Dans un style très retenu, Flaubert donne vie aux pensées de ses personnages, comme Félicité, ce « cœur simple » malmené par la vie.

Crédits photographiques

Couverture	Dessin Alain Boyer
7	reprise page 20. Bibliothèque nationale de France, Paris. Ph. Coll. Archives Larbor
11	reprise page 28. Bibliothèque nationale de France, Paris. Ph. Coll. Archives Larbor
19	Musée Carnavalet, Paris. Ph. Jeanbor © Archives Larbor
22	Bibliothèque nationale de France, Paris. Ph. Coll. Archives Larbor
33	Bibliothèque nationale de France, Paris. Ph. Coll. Archives Larbor
67	Bibliothèque nationale de France, Paris. Ph. Coll. Archives Larbor
86	Bibliothèque nationale de France, Paris. Ph. Coll. Archives Larbor
97	Bibliothèque nationale de France, Paris. Ph. Coll. Archives Larbor
108	Bibliothèque nationale de France, Paris. Ph. Coll. Archives Larbor
112	Bibliothèque nationale de France, Paris. Ph. Coll. Archives Larbor
117	Bibliothèque nationale de France, Paris. Ph. Coll. Archives Larbor
121	Bibliothèque nationale de France, Paris. Ph. Coll. Archives Larbor
140	Musée de l'Armée, Paris. Ph. Coll. Archives Larbor
141	Bibliothèque nationale de France, Paris. Ph. Coll. Archives Larbor
151 ht	Ph. Coll. Archives Larousse
151 bas	Musée d'Orsay, Paris . Ph. H. Josse © Archives Larbor
152	Musée Carnavalet, Paris. Ph. Jeanbor © Archives Larbor
158	Ph. © Archives Larbor

159 Musée Carnavalet, Paris.
 Ph. Coll. Archives Larousse
160 © Collection Grob / Kharbine-Tapabor

Direction de la collection : CARINE GIRAC-MARINIER
Direction éditoriale : CLAUDE NIMMO
Édition : Clémence CORNU
Lecture-correction : service Lecture-correction LAROUSSE
Recherche iconographique : Valérie PERRIN, Agnès CALVO
Direction artistique : Uli MEINDL
Couverture et maquette intérieure : Serge CORTESI, Sylvie SÉNÉCHAL,
Uli MEINDL
Responsable de fabrication : Marlène DELBEKEN

**PAPIER À BASE DE
FIBRES CERTIFIÉES**

LAROUSSE s'engage pour
l'environnement en réduisant
l'empreinte carbone de ses livres.
Celle de cet exemplaire est de :

500 g éq. CO_2

Rendez-vous sur
www.larousse-durable.fr

Photocomposition : CGI Impression :
Rotolito S.p.A. (Italie)
Dépôt légal : Juillet 2007 – 300922/12
Projet : 11043090 - Octobre 2019

Petits *C*lassiques
LAROUSSE

Collection fondée par Félix Guirand,
Agrégé des Lettres

Boule
de suif
et autres
nouvelles

Guy de **Maupassant**

Nouvelles

Édition présentée,
annotée et commentée
par Emmanuelle SEMPÈRE,
agrégée de lettres modernes

© Éditions Larousse 2007
ISBN : 978-2-03-583423-2

SOMMAIRE

Avant d'aborder l'œuvre

Boule de suif et autres nouvelles

Guy de Maupassant

Avez-vous bien lu ?

Pour approfondir